o cochilo de deus

raïssa lettiére

o cochilo de deus

FARIA E SILVA
Rio de Janeiro, 2024

O cochilo de Deus

Faria e Silva é uma empresa do Grupo Editorial Alta Books (STARLIN ALTA EDITORA E CONSULTORIA LTDA).

ISBN: 978-65-6025-175-5

Impresso no Brasil – 1ª Edição, 2024 – Edição revisada conforme o Acordo Ortográfico da Língua Portuguesa de 2009.

Dados Internacionais de Catalogação na Publicação (CIP)
(BENITEZ Catalogação Ass. Editorial, MS, Brasil)

L637c
1.ed. Lettiére, Raïssa
O cochilo de Deus / Raïssa lettiére. – 1.ed. – Rio de Janeiro : Editora Faria e Silva, 2024.
176 p.; 13,7 x 21 cm.

ISBN 978-65-6025-175-5

1.Mulheres na literatura. 2. Romance brasileiro. I. Título.

05-2024/58 CDD B869.3

Índice para catálogo sistemático:
1. Romance : Literatura brasileira B869.3
Aline Graziele Benitez – Bibliotecária – CRB-1/3129

Faria e Silva é uma Editora do Grupo Editorial Alta Books

Produção Editorial: Grupo Editorial Alta Books
Diretor Editorial: Anderson Vieira
Editor da Obra: Rodrigo Faria e Silva
Vendas Governamentais: Cristiane Mutüs
Gerência Comercial: Claudio Lima
Gerência Marketing: Andréa Guatiello

Produtora Editorial: Milena Soares
Revisão: Alessandro Thomé e Denise E. Himpel
Projeto Gráfico e Diagramação: Natalia Curupana
Capa: Mateus Valadares

ALTA BOOKS
GRUPO EDITORIAL

Rua Viúva Cláudio, 291 – Bairro Industrial do Jacaré
CEP: 20.970-031 – Rio de Janeiro (RJ)
Tels.: (21) 3278-8069 / 3278-8419
www.altabooks.com.br – altabooks@altabooks.com.br
Ouvidoria: ouvidoria@altabooks.com.br

Editora **afiliada à:**

Às criaturas deste mundo,
que vivem histórias de sofrimento,
concebidas por criadores sofridos.
Que possamos todos vislumbrar
uma nova creação sobre a terra.

Deus come escondido,
e o diabo sai por toda parte lambendo o prato...

O que não é Deus, é estado do demônio.
Deus existe mesmo quando não há.
Mas o demônio não precisa de existir para haver.

Como não ter Deus?!
Com Deus existindo, tudo dá esperança:
sempre um milagre é possível, o mundo se resolve.
Mas, se não tem Deus,
há-de a gente perdidos no vaivém, e a vida é burra.
É o aberto perigo das grandes e pequenas horas,
não se podendo facilitar
— é todos contra os acasos.
Tendo Deus, é menos grave se descuidar um pouquinho,
pois no fim dá certo.

GUIMARÃES ROSA, *GRANDE SERTÃO: VEREDAS*

sumário

alguma gênese

Crear é a manifestação da Essência em forma de existência
— criar é a transição de uma existência
para outra existência.
O Poder Infinito é o creador do Universo
— um fazendeiro é criador de gado.
HUBERTO ROHDEN

No princípio, creou Deus o céu, a terra e os oceanos.
Era a terra disforme e vazia;
trevas cobriam a face do abismo;
e o Espírito de Deus pairava sobre as águas.
Disse Deus: Haja luz! E houve luz.
E viu Deus que era boa a luz;
e fez ele separação entre luz e trevas.
E chamou à luz dia; e às trevas chamou noite.
Creou Deus otras cositas mas, detalhes como firmamento, desertos e oásis, praias e bosques, árvores frutíferas, flores e ervas daninhas, sol, lua, estrelas do céu e estrelas-do-mar, monstros marinhos, mas também pombas e cães…

Visualizou, então, um rio, dividido em afluentes,
regando um lindo jardim.
Sobreveio a Deus a inusitada ideia
de que esses apetrechos precisariam ser exibidos
em um paraíso, com árvores descomunais,
chamado também de Éden pelos hedonistas.
E foi assim que, a partir da concepção desse paraíso,
começou a suceder-se toda uma confusão
entre a magnitude da Árvore da Vida e a relevância da
Árvore do Conhecimento do Bem e do Mal,
surgindo dessa discussão
um elemento não previsto no esboço original,
o Ego,
um mimo dado por Deus à raça humana;
interpretado como fruto proibido até que o termo
fosse reconhecido milhares de anos depois.
Chegou Deus ao auge da sua iluminação
e, alcançando o Nirvana, disse:
Façamos (sim, no plural, o que fez toda a diferença)
o homem à nossa imagem e semelhança
(a mulher seria apenas a costela).
Reine ele sobre todas as coisas concebidas.
E creou Deus o homem à sua imagem;
à semelhança de Deus, ele o creou;
homem e mulher, ele os creou.
E Deus os abençoou e lhes disse:
Tudo o que foi creado por mim eu vos ofereço.
Sede férteis, e multiplicai-vos, e enchei a terra, e submetei-a,
e dominai sobre todas as coisas.

(Responsabilidade demais para seres que vieram do barro.)
Deus só não creou os artistas nem os músicos
— e muito menos os poetas.
Todos estes eram apenas um esboço sem retoque.
Por esse motivo, passariam eles
— artistas, músicos, poetas e afins —
a vagar por este mundo de meu Deus,
pintando telas, compondo sinfonias,
poetizando a vida sem cumprir mandamento algum,
experimentando a maldição de brincar de artífices.

Após Deus ter ofertado de bom grado ao homem e à mulher
tudo o que havia concebido,
deparou-se ele com uma série de fenômenos que passou a
acometer, como uma epidemia, os seres da terra;
fenômenos como lutos, lágrimas, cólicas menstruais,
doenças e acidentes
— tudo muito trágico e cheio de vítimas.
Cansado, após tanto trabalho em vão,
percebeu Deus que homens e mulheres não passavam
de um grande estorvo à obra por ele creada;
haviam se tornado rabugentos,
buscadores do Pai, confundidos com o pai,
meninas rebeldes e velhos gabolas,
homens dramáticos e mulheres sagazes.
Desapontado com o desgoverno da sua creação
e com os quiproquós das suas creaturas,

assumiu Deus o posto de observador,
e deu-se conta de que, para além de homens e mulheres,
cuja única aspiração original era ser argila,
havia surgido misteriosamente um ser que,
usurpando o Ego proibido,
presente sob domínio divino no paraíso,
iria desmistificar cada detalhe
da sua obra de Creador Supremo.
Travestido, este ser marcaria presença
em todas as eras da história da humanidade;
com sutileza, se introduziria nas histórias de vida
de cada creatura de Deus,
com o intuito de aniquilar a creação divinamente concebida;
e, com sagacidade, faria com que
tradutores mal-intencionados errassem
a origem da palavra latina creare,
espalhando sobre a terra, em todas as línguas faladas
e relinchadas,
o uso equivocado do verbo crear,
que passaria a ser aquele criar *trivial que todos conhecemos,*
assim como triviais são as invencionices
e vãs filosofias criadas por homens e mulheres,
razão pela qual toda a humanidade,
ignorante do sentido original e divino da creação,
seria tão malcriada
— e essa ignorância e malcriação fariam toda a diferença.

Sobreveio a noite e depois a manhã do penúltimo dia.
Contemplou Deus toda a sua obra e concluiu que,
além de não se sentir confiante ou esperançoso
com aquilo que realizariam homens e mulheres,
artistas, intelectuais, inventores, cientistas
e, principalmente, políticos,
não sabia o que fazer com aquele ser cheio de artimanhas,
que passara a vagar sobre a terra;
aquele ser que, ao se apropriar de detalhes banais —
fossem eles existenciais ou lexicais —
passara a questionar a creação divina,
dominado pelo único desejo de não se tornar
apenas a imagem e semelhança de Deus,
ambicionando, vaidoso, tornar-se superior ao Creador,
para recriar uma nova história para a raça humana
e todas as coisas
até então creadas.
Tendo Deus visualizado a obra que realizara,
concluiu que
toda a concepção original tornara-se apenas
um rascunho de mundo
— e que tudo passara a ter uma originalidade
muito duvidosa.

Tal foi a história da origem dos céus, da terra e dos oceanos;
dos seres humanos, desumanos, inumanos, anti-humanos.
No sétimo dia, desanimado, Deus repousou.
E então foi a festa!

I

tela estrelada

Uma árvore dançante rodopiando pela pintura
desperta estrelas mortas e cadentes
e embaralha a ordem do universo.
Na vastidão do deserto,
o sonho do artista transborda da moldura,
pincela, para além da solidão, fontes de água fresca,
que preenchem o vazio ao redor da Árvore da Vida,
enraizada nas areias do Éden,
orvalhadas de pó de estrelas,
no meio do deserto do Bahrein.
Poeta do Deserto

Querido bloco,

Hoje visitei o Museo de los Olvidados, um espaço minúsculo e insignificante, recém-construído na margem do riacho que passa pelo vilarejo. Na porta, exigiram que eu entregasse o guarda-chuva, a bolsa e o xale. Não carrego tantas coisas por aí e acho que uma pessoa não deveria jamais ser desprovida de seus bens. Preferiria que o local oferecesse algum tipo de vigilância sobre mim, com meus pertences, a me sentir nua enquanto bisbilhotava as salas. Até porque tinha a convicção de estar ali apenas para enfrentar a monotonia cinzenta do dia. Tenho aversão a tudo o que diz respeito ao passado, com suas antiguidades e objetos de arte inúteis para nossa época, que deveriam mesmo ser esquecidos. Nunca me interessei por pintura, aliás, não gosto de arte alguma. Acho um tédio. Mas precisava provar a mim mesma que todo o alarde em torno do famoso artista oriundo deste vilarejo era um grande disparate. Que aquela exposição, que tratava de vazio, solidão, sons do universo, estrelas cadentes, tempestade de areia cósmica, Árvore da Vida, era apenas o delírio de um lunático que abandonou a realidade da vida prática do nosso povoado simplório para se refugiar em seu hospício mental, escondido no deserto de um país impronunciável. As pessoas aqui não têm condições nem interesse de dar atenção a um cidadão que recusou a sobrevivência dos dias. Já que a curiosidade — não apenas a monotonia — é a mãe de todas as tolices, acabei seguindo a multidão de jornalistas e fotógrafos que andava pelas nossas ruelas até o Los Olvidados para conferir o que já estava claramente protocolado no *El Acontecimiento*, nosso jornaleco local:

> Com extrema satisfação, em um momento histórico para nossas paragens, celebramos a inauguração do Museo de los Olvidados, nosso primeiro espaço cultural. Elaborado e oferecido pelo Centro Nacional de las Culturas, de las Artes y de los Saberes, cujo estatuto abrange

homenagear, em cidades inexpressivas, artistas não reconhecidos mundialmente, o Museo de los Olvidados abre hoje as portas aos cidadãos do mundo e aos moradores locais para a exposição que inclui a *Tela estrelada* do nosso conterrâneo, o ainda desconhecido Pintor do Deserto. Sem dúvida, um momento único para aqueles que desejarem encontrar o que de mais valioso nossa terra tem produzido.

Preferiria dizer que foi o acaso — não a monotonia e muito menos a curiosidade — que me levou até aquele lugar certamente sem graça e de poucos atrativos. Mas, como a verdade não é necessariamente verídica, convenci-me de que o *El Acontecimiento* era o responsável por me fazer entrar naquele lugar profano e apertado para perambular pelos corredores e salas cheias de telas rasuradas em busca da obra do artista que nos abandonou.

Sempre fui o tipo de pessoa que aprecia fazer caminhadas longas pelos campos nos arredores do vilarejo, ou observar os seres sem importância que transitam nas ruas, as bizarrices que fazem enquanto flanam sem rumo ao longo dos seus dias esquisitos. Quando levo minha melancolia para passear, carrego um xale para me proteger do vento frio que circula por esta região, um bastão de caminhada, um chapéu de sol, óculos para a claridade, água e pão velho para as pombas. Ultimamente, tenho andado meio cansada de observar as pessoas, tão alienadas, caóticas e rebeldes. O mundo precisa de organização, de subordinação hierárquica, para que haja progresso evidente. Não que eu desconsidere as inovações, mas gosto de saber que há uma ciência atestada por trás da evolução e que não estou sujeita à invencionice fértil de uns e de outros. Quanto risco. Quando cansada, gosto de me sentar em um banco de praça e assistir às minhas pombas pelejando pelas migalhas de pão que ofereço ou fugindo assustadas do cão vadio, maligno e fedorento que sempre passa rosnando, babando pelos cantos da boca, mostrando os dentes afiados, abanando o rabo pontudo como o do capeta, enfim, apavorando todos que, distraídos, perambulam pela praça, enquanto ele faz sua ronda. As pombas, pobrezinhas, são muito inocentes, e esse cão se aproveita disso para brincar com o pavor que lhes causa. Elas são também muito instrutivas e sutis. Voam sobre os turistas, esses invasores desprotegidos, que tomam a praça sem migalhas nos bolsos, lançando sobre eles seus torpedos vingativos, descarregando suas necessidades biológicas, destruindo aparências. Uma diversão. Tenho empatia pelas minhas pombas. A mim elas respeitam e veneram as hóstias que esporadicamente consigo roubar da sacristia. Assim como as pombas, sou daquelas que poluem os ambientes com impertinências. Em meu último ataque doméstico, fiz minha filha, minha última vítima, fugir para lugares distantes, vingando-me dela até hoje com a minha indiferença. Sempre a tão atenta indiferença.

Para minha surpresa, acabei ficando um bom tempo naquela exposição. Fui passando rapidamente por telas emolduradas, penduradas uma ao lado da outra. Figuras de pessoas e paisagens. Paisagens e figuras de pessoas.

Muitos autorretratos. Um aborrecimento. Se soubesse que veria, em telas tortas, cópias muito mal-acabadas do que encontro em minhas andanças, não teria entrado, mas ficado em casa com uma xícara de chá quente, recortando cupons de desconto ou organizando minha coleção de selos.

Nunca entendi os artistas. Dizem que eles tocam outra dimensão da vida e tentam traduzi-la por meio da arte a nós, simples mortais, que necessitamos de seu dom e talento para acessar sensações nobres. Que disparate. Quanta sandice já escutei na vida a esse respeito. Seriam eles, então, seres dotados? Seria, por acaso, um dom torturar pessoas simples com teorias e divagações sem sentido algum? Pessoas como eu, que precisam enfrentar o suor do dia, sobreviver ao tempo que corre sem lhes conceder prazer nenhum, enquanto esses artistas ficam por aí, usando seu tempo com excentricidades? Espero que Deus não tenha tanta consideração assim pelos artistas, mas pelos simples e normais deste mundo. Sou uma mulher pragmática, que entende de selos e cupons que oferecem sobrevivência e não existência. Sobreviver é o sentido maior da vida, não é mesmo? Estamos, afinal de contas, falando sobre viver — e é assim que eu aprendo sobre a vida.

Caminhei por corredores estreitos, passei por portas fechadas, portas abertas que davam para salas escuras e minúsculas, hidrantes e intelectuais, até chegar à tal *Tela estrelada* do Pintor do Deserto. Uma surpresa. Um choque. Uma decepção. Uma tela insignificante, pequena. Esse infeliz parece não ter compreendido nada sobre a vida. Definitivamente, é uma pessoa muito equivocada. Que pintura bizarra. Por que um ser humano haveria de preferir fugir para um deserto para pintar a sensação do vazio em uma tela minúscula, enquanto o vazio que conheço é tão gigantesco? Sua tela com pintura de areia, árvore e estrelas não me fala — de forma alguma — desse vazio. O que eu sei de areia é aquela da praia próxima do nosso vilarejo, ocupada por pessoas, cães, comida e fezes. Para que falar de estrelas, se nosso céu tem algumas que admiro com minha luneta quando as nuvens permitem? Por que insistir em pintar uma árvore retorcida em uma tela despovoada, numa perspectiva que teima em aproximar a árvore de mim conforme avanço em direção ao quadro? Há algum sentido em pintar uma árvore no meio de uma paisagem como essa, principalmente quando há tantas árvores neste vilarejo em que ele nasceu?

Uma meia-luz em uma das salas dava um ar onírico, porém agradável, àquele ambiente cansativo, cheio de eruditos enfadonhos, conversando num tom de voz alto o suficiente para que os demais fossem atingidos pelo seu jorro intelectual. Um horror. Sentei-me em uma poltrona desconfortável na frente de uma parede cinza com aquele quadro insignificante, pendurado por cordinhas vacilantes, envolto em uma moldura de imbuia sem ornamentos. A placa ao lado do quadro reforçava que a tela era do tal Pintor do Deserto, que retratou a tal Árvore da Vida em data ignorada, em algum ponto misterioso de um país distante chamado Bahrein. Quanta informação inútil. No centro da tela, a árvore parecia rodopiar enlouquecida, dando a impressão de esbarrar nas estrelas que começavam a dançar e cair sobre os galhos e sobre as areias do deserto. Por que as pessoas perdem tanto tempo com maluquices? Já não pintaram o suficiente na infância? Julgam-se imortais em um pedaço de tela que poderia ser rasgada ou queimada em poucos segundos? Não havia nada para fazer, e aquela luz indefinida foi me dando sono. Preferiria muito mais estar à janela da sala de casa, acompanhada da minha luneta, vendo estrelas de verdade. Se não tivessem tomado meu xale, poderia acomodá-lo entre o pescoço e a cabeça e tirar um cochilo. A sala, o quadro, o discurso intelectual aumentavam a sonolência e mastigavam meu pensamento antes de me engolir. Do quadro, parecia sair um som que embalava as estrelas dançantes, e, hipnotizado, meu humor começou a entrar no balanço das coisas, a querer se deslumbrar com essa outra dimensão que nunca o autorizei a buscar, até o momento em que fui surpreendida pelo rompimento das cordinhas que prendiam o quadro à parede. Na queda, a moldura se espatifou, lançando a tela para o alto, liberando árvore, estrelas, areia, que desabaram sobre mim antes mesmo que eu fizesse qualquer movimento de defesa. Paralisada, senti o frio noturno do deserto e o calor da areia sob o sol se cruzarem pelo meu corpo. Não tinha controle sobre minha vontade e, quanto mais tentava gritar, mais areia engolia.

Vi, então, o cosmos se abrir, rodopiando inúmeras estrelas à minha volta, orvalhando-as sobre mim. Pincéis frenéticos, lançados em minha direção, começaram a me contornar, minha forma sendo definida a cada traço, enquanto uma paleta, pairando sobre minha cabeça, despejava cores de tons infinitos que preenchiam meu contorno, dando-me vida, trazendo-me à luz. Eu estava sendo parida! As raízes da Árvore da Vida se alongavam ao meu redor e me envolviam e me embrulhavam e me aqueciam e me embalavam ao som do universo. A vida se agigantava enquanto eu tocava os astros com a ponta dos dedos. Os braços das estrelas me seguravam, e eu podia engatinhar sobre a Via Láctea, correr em direção a Andrômeda, construir ao longo do caminho castelos com a poeira cósmica. Tudo era possível. Inclusive ser amada e não estar mais só. Inclusive ser ninfa e me casar com Apolo. Inclusive me sentir bonita e completa sob o olhar do artista que me concebera. Inclusive, por fim, descobrir que, sob as nebulosas, há buracos negros e um terreno escorregadio ao seu redor sobre o qual o artista, cansado e enfermo, caminhara descuidado, até ser sugado por aquela profundidade assustadora. E então a revelação da qual eu fizera parte se encolheu na obra. O universo retomou sua posição, e as estrelas foram novamente penduradas no céu. A Árvore da Vida imperiosa escorregou de volta à sua estatura. As raízes foram tragadas pela areia do deserto para dentro da terra. O que era próximo se distanciou, cravando a eternidade dentro da moldura,

dentro da galeria,

dentro de mim.

Na saída da galeria, peguei meu guarda-chuva, xale e bolsa. Estavam intactos. Corri para a rua em busca de ar. Precisava oxigenar o raciocínio. Meu coração batia acelerado. Tentei me recompor antes que aqueles jornalistas e fotógrafos idiotas viessem em meu socorro. Será que tiveram alguma experiência alucinógena com aquela árvore terrorista? Ou eu teria enlouquecido? Quanta impertinência desse pintorzinho permitir que sua árvore me atingisse dessa maneira. Queria ser uma pomba para bombardear seus quadros, para defecar sobre essa árvore absurda, ultrajante. Então quer dizer agora que esse homem se acha poderoso o suficiente para me atingir em minha vida pacata, tão bem construída, distante dessa outra dimensão de que tanto ouvira falar? Quem ele pensa que é? Um ser capaz de me diminuir a esse ponto? Pois ele me atinge em minha dignidade de mulher simples, que um dia sonhou com o universo contido em sua casa modesta, vasta o suficiente para estrelas observáveis por luneta, com um marido ao seu lado. Nunca precisei me distanciar deste chão para descobrir o céu e seus personagens. Os astros me servem. Não sou escrava de nenhum deles.

Fazia um fim de tarde frio e nublado. Protegi-me com o xale e deixei o guarda-chuva a postos, pendurado no braço esquerdo. Sempre há um acúmulo de chuva fina nos momentos e lugares mais impróprios, inclusive esta abundância de gotas insistentes, acumuladas sob minhas pálpebras neste entardecer, à porta de Los Olvidados. Que amolação!

...

Prezado Pintor do Deserto,

O *El Acontecimiento* me arrastou recentemente ao Museo de los Olvidados, onde vi sua *Tela estrelada*. Fui informada de que havia sido pintada por você, que é desimportante, um mero desconhecido no mundo das artes, e queria que soubesse que julgo sua criação perigosa. Seu céu estrelado desmoronou sobre mim, e, desde então, tenho vadiado à noite pelos campos do nosso vilarejo, tentando encontrar suas estrelas por aqui. Será que apenas o deserto distante proporciona um céu com estrelas tão rebeldes como as de sua tela? Estou alucinando? É o que sempre digo a mim mesma: há uma ciência atestada por trás da evolução, e não estou sujeita à invencionice fértil de uns e de outros — muito menos à fantasia de um pintor distante que se julga talentoso o suficiente para me atingir com sua arte. Embora seu quadro tenha caído sobre minha cabeça, não fui tocada pela sua obra. Sua árvore dançante não me afetou, e eu não virei estrela. Sou apenas aquela mesma mulher, caminhando talvez de maneira mais rápida para a velhice, já que de tempos em tempos tenho esquecido algumas coisas quando saio de casa: ora não carrego um xale em dias frios, ora não encontro o guarda-chuva em dias nublados, ora pego a bolsa e me esqueço de levar as chaves de casa ou os documentos. Mas isso era de esperar. Meus dias sempre avançam para a frente. Desisti de achar que o tempo pudesse avançar para trás. Para quê?

Ontem me aventurei de ônibus até o litoral, onde há uma pequena praia escondida chamada La Solitaria, que fica além das colinas. Apesar da garoa, coloquei o pé na areia pela primeira vez após tantos anos. Logicamente, a areia me remeteu à lembrança do deserto por onde você doidejou distante todo esse tempo. A praia estava vazia, e a solidão e a amplitude do local não me encantaram. Que alívio. Depois de tanto perambular sem tirar nenhum proveito disso, quis voltar rapidamente para casa, para meus selos e cupons de desconto. Prefiro-os a essa natureza insólita. Fiquei muito molhada, porque havia esquecido o guarda-chuva, mas o passeio não foi desprovido de novidade. Encontrei uma estrela-do-mar com uma das pontas quebrada. Já tinha lido em uma revista científica a respeito da existência dessas estrelas, mas nunca tinha visto uma de perto e não imaginava que pudessem ser tão minúsculas a ponto de caber na palma da mão.

Sei que pode parecer sem sentido — e deveria ser proibido por lei que um artista perturbe as pessoas de bem —, mas, mesmo assim, resolvi lhe encaminhar minha estrela de ponta partida com esta carta, na esperança de que, de alguma forma, ambas possam chegar a você, em algum lugar do seu deserto, vislumbrando as estrelas em sua galáxia imaginária.

Minha intenção, ao escrever esta carta, é solicitar-lhe que inclua a minha estrela machucada em sua obra.

Adelia

...

Prezada Adelia,

Não ouso pedir-lhe que aceite ou concorde com minha vida de pintor perdido no deserto, ou compreenda o silêncio que tem povoado meus dias, a distância que tem se imposto à minha existência. Sua carta, no entanto, me tocou profundamente e resolvi escrever-lhe algumas linhas, na esperança de que alguma explicação possa trazer sentido ao que não pode ser compreendido.

Sua experiência na galeria só confirma aquilo que há tempos tenho como certo: a arte é uma inimiga sedutora. Essa feiticeira me arrastou ao deserto, aprisionando-me lá por muitos anos, onde pintava isolado de todos, inclusive da mulher que tanto amava. Fiquei embriagado pela vastidão daquela paisagem a ser emoldurada. O vazio pode enlouquecer algumas pessoas, mas não a mim. Sentia-me muito inspirado e a cada dia mais desafiado a pintá-lo. No início pensei que conseguiria capturar a essência do vazio enquanto andasse sem rumo. Mas, por onde passava, só encontrava silêncio, uma vastidão de areia ao longo do dia e estrelas, astros e nebulosas depois do entardecer. Aos poucos, o vazio do deserto passou a escapar para dentro de mim. Há tanto mistério, tantas perguntas e nenhuma resposta quando vagamos sobre o mesmo terreno, percebendo o ritmo dos dias apenas no céu, ora ensolarado, ora estrelado. Minha mente começou a se esvaziar com o tempo, conforme mais embriagado ficava com aquela abundância de areia e estrelas. À noite, quando esfregava as mãos de frio, ouvia o som abafado do deserto como um som orgástico, que atingia o clímax durante as tempestades de areia. Em minha solidão, vagava sem cessar, tentando alcançar as estrelas, desejando mergulhar no cosmos, em busca da revelação de algum mistério que pudesse ser registrado em minha obra, emoldurado e exposto em alguma galeria famosa. Dizer que eu queria que minha obra-prima compensasse minha ausência, que a mulher amada se orgulhasse de mim, significaria esvaziar a importância da revelação. O que eu almejava mesmo era ser o primeiro a descobrir e trazer ao mundo o mistério e os segredos do deserto, a beleza das estrelas, a grandeza do universo. Era a imortalidade, acima de tudo, minha maior ambição.

No deserto não há rumores, não há certezas nem incertezas. Não há desencontros, e meus únicos encontros eram com a amplidão despovoada e com um andarilho noturno que às vezes surgia e recitava poemas que escrevia a respeito daquela imensidão, das estrelas e da existência de um pequeno refúgio paradisíaco, com uma Árvore da Vida ao centro e um manancial cercado de plantas e flores. Fiz minhas próprias andanças à procura desse paraíso, mas jamais o encontrei. Com o tempo, minha mente passou a se cansar, e eu não conseguia mais pintar o silêncio e a vastidão. À noite, as estrelas haviam se tornado previsíveis, e deixei de ouvir os sons abafados dos astros. Passei a aguardar ansioso o momento em que o poeta andarilho cruzaria meu caminho novamente para recitar-me suas poesias e contar-me histórias que vencessem a monotonia que eu criava em minhas telas.

Uma noite ele surgiu, misterioso. Durante dias havia caminhado, desde o passado até aquelas paragens. Disse-me que havia encontrado a Árvore da Vida no alto de uma duna, no meio do deserto do Bahrein. Aconselhou-me a procurá-la, porque, desde o momento em que provara do seu fruto, passara a sentir a eternidade correndo em suas veias — e ela o imortalizava a cada amanhecer. Deixei-o em minha tenda e segui carregando tela, pincéis e cores na direção que seu dedo apontava. Ansiava por encontrar vida naquela vastidão; uma resposta ao mistério da existência de uma Árvore da Vida no deserto; a comprovação de uma matéria sólida em meio àquele vazio que pudesse dar sentido à minha própria existência. Eu me agarraria a essa árvore e a transportaria para minha tela. Estaria salvo, seria imortal e meus anos errantes seriam justificados, o sentido da minha vida seria finalmente revelado. Pois eu havia buscado e encontrara. Minha obra seria eterna.

Fiquei velho. Meus dedos endureceram, a vista escureceu, e o coração, mais fraco, começou a bater em um compasso diferente daquele das estrelas. Tornei-me um artista cansado e enfermo, que caminhava sem rumo, perdido pelo deserto, em busca da Árvore da Vida, até ser derrotado pelo acaso. Estou hoje preso a um leito de hospital, exposto para estudos, porque a ciência não concebe uma explicação para o fato de eu haver sobrevivido por tantos anos sem água e comida. Eles não conseguem concluir se eu havia encontrado no deserto alguma fonte de energia que me saciara todos aqueles anos. Não tive oportunidade de ver minha obra exposta. A Árvore da Vida do deserto do Bahrein idealizada, plantada em uma galeria. O deserto ficou instalado em minha alma. Minha vida errática me levou a abandonar uma esposa melancólica e uma filha enigmática. Ela se resume agora a este quarto de hospital, a este leito preparado para a morte.

Nos últimos tempos tenho visto a imagem de uma senhora rancorosa me espiando da porta. Imagino que tenha ido à galeria e não tenha compreendido por que seu marido passou anos nômades no deserto para trazer ao mundo apenas uma árvore rodopiando na tela, com galhos roçando estrelas que caem como orvalho sobre areia escaldante. Hoje, meu único desejo é que algum tipo de assombro tenha tomado conta do seu espírito, que ela de alguma forma tenha podido comungar comigo dessa eternidade emoldurada, exposta no Museo de los Olvidados. Que, diante da minha *Tela estrelada*, seu vazio tenha sido preenchido pelo firmamento que vislumbrei no deserto, distante do nosso leito.

Seu Pintor do Deserto

P.S. Com relação à sua estrela-do-mar ferida, não será possível incluí-la em minha obra, mas aconselho-a a ir procurar nas areias de La Solitaria a ponta que lhe falta. Infelizmente não poderei estar presente para ajudá-la. Resta-me pouco tempo.

. . .

Querido bloco,

Hoje recebi uma carta do Pintor do Bahrein. Ele me irritou muito com seu discurso vazio e me devolveu a estrela-do-mar que lhe havia enviado para ser incluída em sua pintura de estrelas dançantes. Disse que eu deveria — sozinha! — ir procurar a ponta que falta à minha estrela nas areias de La Solitaria. Fui no início da noite a Los Olvidados e saí de lá com a *Tela estrelada* escondida no xale. Quem iria desconfiar de uma velha desorientada, não é mesmo? Em casa, observando essa pintura indecifrável, concluí que nada — absolutamente nada — falta à minha estrela; é ela — em absoluto — que falta dentro daquela moldura. E tentei colar a estrela capenga na tela, mas o artista não havia dado espaço em seu céu para que meu astro pudesse brilhar. Quando escureceu, perambulei desolada pelos arredores do vilarejo, seguida pelo vira-lata fedorento da praça, abocanhando meu calcanhar, mostrando-me os dentes, abanando a cauda pontuda, ameaçando-me com sua presença infernal, enfim, o companheiro que me resta. Fui até a colina, de onde, na ponta dos pés, tentei pendurar a estrela-do-mar ao lado das demais estrelas no céu, mas ela sempre despencava sobre mim, cada vez mais perneta e ferida. Desisti e trouxe de volta seus escombros em um saco de papel. Ao entrar em casa e me deparar com a *Tela estrelada*, decidi enterrar definitivamente, no meio dos entulhos do porão, aquele quadro, com as outras parcas lembranças do meu marido e suas tralhas de artista lunático. Quanto às migalhas da minha estrela, estão esparramadas na gaveta da cômoda da sala, com os selos e os cupons de desconto. Quem sabe eu as ofereça às pombas amanhã.

...

Ontem à noite a polícia local relatou a presença, nos arredores do vilarejo, de Doña Adelia Castillo, nossa conterrânea, vagando desorientada em direção à colina. Curiosamente, ao chegar ao topo, a senhora começou a esbravejar e a jogar para o alto um objeto estranho. Ao ser abordada, a cidadã, acometida de fúria súbita, pisoteou com vigor os restos do objeto, coletando-os, na sequência, em um saco de papel. Diante do ocorrido e dos riscos que atitudes como essa possam trazer tanto à se-

nhora quanto aos habitantes locais, solicita-se aos moradores que busquem contato urgente com a filha da referida senhora, para que possa retornar à nossa cidade a fim de prestar-lhe assistência imediata.

noite estrelada

Paloma vinha de uma infância difícil com Deus. Na voz da madre superiora, ele a martirizava. Era curiosa e queria tocar, beijar, mastigar aquele Ser Supremo, mas ele fugia sempre que ela se aproximava. Quando acreditava ter conseguido prendê-lo entre as mãos, ele escapava pelos dedos e, por mais que ela corresse pela casa tentando agarrá-lo, Deus era, todas as vezes, sugado aos céus. A madre falou que Deus Pai está em todas as coisas e lugares, e a menina concluiu que iria alcançá-lo, antes que ele sumisse novamente. Entendeu que seria necessário desenhá-lo para concretizar a forma e retê-lo preso ao chão. Munida de lápis de cor e bloco de papel, correu ao jardim para rabiscar algumas linhas de Deus e preenchê-lo com cores.

Na primeira queda, com o cadarço da bota direita desfeito e o nariz próximo ao chão, enxergou uma minhoca rastejando pela terra. Uma coisa mole, nojenta, pegajosa... indiferente. A madre disse que ninguém nunca — nunquinha! — havia encostado no Deus. Mas dá pra entender? Já que o Deus está em to-das-as-coi-sas, se tivesse coragem de tocar na minhoca, talvez estivesse tocando ele. Por que as pessoas vão na igreja estudar o Deus, ouvir sermões dele, enquanto ele é uma minhoca? Se não tiver nojo e se tiver coragem pra mexer naquela coisa gosmenta, será que daria pra ver o espírito do Deus?

Tinha também a ilusão de desenhar Deus sem cabeça, como a minhoca, apenas dois traços ligados pelas extremidades, o mistério circulando pelo corpo gosmento sem uma cabeça definida que o deixasse inteligente, ou uma boca que o traduzisse. Início e fim interligados, como deveria ser um Deus. Nada seria mais complexo do que aquele desenho simples a ser delineado no papel. Nada mais palpável e concreto. Deus seria repulsivo e banal, mas compreensível. E ela teria resolvido as questões com a madre superiora. A menina pegou uma vareta, colocou-a por baixo do ventre do bicho rastejante e o ergueu. Contra a luz, a minhoca parecia transparente e brilhante, mas não tem nada de interessante dentro da coisa gosmenta e desajeitada. Vai pro bueiro!

Tentou amarrar o cadarço antes de voltar ao jardim e foi atrás de desenhar Deus projetado em algo mais expressivo, que não rastejasse. A mãe mantinha vários tipos de jasmim e rosas brancas e vermelhas colombianas, plantadas com desleixo no jardim. Ela se ajoelhou para estudar as rosas brancas. O Deus está em todas as coisas, e elas têm perfume. O Deus combina com branco. Como, além de minhoca, ele é flor, ela notou que tem Deus com pétalas que saem tortas de um miolo e giram para um mesmo lado, como um carrossel. Mas é difícil desenhar esse movimento. Queria mesmo era ver o Deus dançar, vestido de pétalas brancas, perfumando todos os lugares por onde passasse. Quanto mais embriagada com o aroma de Deus, mais impaciente ficava com sua incapacidade de bolar uma forma de rabiscar o perfume no esboço de sua flor. Sua ideia de completude ameaçada por sua limitação. Pegou o lápis branco, apoiou a ponta sobre a folha e fez os primeiros traços da flor, mas eles não apareciam com clareza. A flor surgia em um branco opaco, fosco, sem brilho e desaparecia sobre o papel. Olhar para um pé de rosa é perceber que, além das flores brancas e cheirosas, há outras amareladas e decadentes, comprometendo a imortalidade no primeiro sopro de vento, sem força para agarrar a eternidade por um único minuto. E foi preciso que ela concentrasse a existência de Deus nas flores brancas. Não arriscou nem um átimo de pensamento nas decadentes.

Ao se levantar, a menina se desequilibrou no cadarço da outra bota. Droga! Agachou com pressa e fez um laço preguiçoso. O sol havia começado a queimar seu rosto, e ela transpirava. Baixou os olhos para acompanhar as gotas de suor que caíam sobre as botas. Como seria sua vida se não tivesse um pé ruim, se pudesse correr, brincar na rua com as outras crianças? Sabia que a mãe queria consertá-la primeiro para que pudesse ser como as outras meninas, para que sua limitação física pudesse deixar a mãe em paz em sua solidão após o abandono do marido. Dentro do calçado, os pés apertavam e doíam. Os ossos, forçados a se acomodar à estrutura de couro resistente, rangiam. As botas pretas estavam deterioradas, mas engraxadas, brilhantes, na tentativa de se fazerem bonitas, suplicando para serem desenhadas. Tá bem! Riscou no papel traços do contorno dos sapatos, depois, um cano saindo da abertura superior e cadarços longos, perdidos, embaralhados. Projetou palmilhas que não foram desenhadas, apenas sentidas. Tentou delinear as lágrimas de suor espalhadas sobre o calçado, mas elas eram abundantes e escorriam pelo papel. Que chatice ficar riscando, riscando, riscando essa coisa, essa cruz que a mãe fica dizendo que elas têm que carregar. Em um ataque de fúria, as botas foram cobertas de linhas pretas verticais atravessadas por linhas horizontais, umas maiores que as outras; outras mais grossas que umas; riscos vivos tropeçando nos mortos.

Um filhote de pomba havia caído do ninho e estava estirado no meio-fio em frente à casa. Os olhos esbugalhados tentavam compreender por que a tragédia sempre chega a quem ousa se libertar. Havia procurado apenas aventurar-se, seguindo seu instinto, mas a natureza não o acolheu, e ele tombou na primeira tentativa. Estremecia estirado no chão ao pressentir a movimentação da menina que torcia os dedos, tentando configurar a melhor forma de dar um laço na bota e prendê-la novamente ao pé. O filhote notou o momento em que ela empurrou, aborrecida, o bloco de papel e os lápis de cor para o lado e firmou as duas mãos no chão, tensionando o joelho direito, enquanto os pés frágeis eram comprimidos contra o couro duro que forçava todos os ossos e estruturas a uma obediência dolorosa antes do primeiro passo. A menina ergueu a cabeça e viu a pomba branca com olhar suplicante, pedindo para ser salva da morte iminente. Tentou compreender o que se passava com aquela criatura que parecia querer arrancar algo dela. O Deus era agora mágico e havia se transformado em um filhote de pomba?! Difícil gostar de um pássaro que parece morto. Difícil resolver o medo de coisa morta. E se o Deus não morrer e ficar achando que precisa de cuidado? Não dá pra ensinar ele a voar. Mal dá pra andar. Foi ele que deu esse pé maldito. Mas o Deus não para de olhar. Parece querer que ela o toque. Mas como pôr a mão em coisa quase morta? Será que ele não consegue morrer sozinho? Como não sentir culpa pela morte do Deus? Para ela, seria muito melhor se o pássaro morresse logo, para que a súplica daquela ave não tivesse que ser atendida, para que o equilíbrio entre o desejo da vida e a teimosia da morte não tivesse que ser estabelecido por uma criança. Compreendeu que a morte tudo facilita e baixou a cabeça em resignação diante do olhar insistente do pássaro que agonizava. Hesitou antes do terceiro passo, porque entendeu que não poderia lidar com o fio de vida daquele ser suplicante. Mais uma vez, a voz da madre atravessou seus neurônios e exigiu a presença de Deus em todas as coisas. Começou a suspeitar de que a superiora nunca estabelecera como seria possível adivinhar o invisível no visível. O nada bordeando o concreto. E a menina preferiu o pássaro palpável e real a Deus morrendo pelas bordas. Era preciso pegar papel e lápis para desenhá-lo, vivo ou morto, antes que desaparecesse.

Lembrou-se, então, da pomba branca em um quadro no topo da escada que levava para as salas de aula. A ave olhava apática os alunos que subiam os degraus. Não se importava com eles. Nada lhes pedia. Nada exigia. Nada entregava. Não era como o pássaro caído no meio-fio, martirizando-a. E a menina levantou a cabeça em um movimento lento, abrindo os olhos, enquanto as pupilas se contraíam na tentativa de enxergar melhor aquele que não queria ser visto. Deu mais três passos. O pássaro no meio-fio, ansioso por vida e salvação, estremeceu com vigor diante da presença da humana e levantou a cabeça, tensionando o corpo, para tentar se sustentar sobre os dois pés. Escorou uma das asas no asfalto a fim de conseguir o apoio necessário, mas a asa não resistiu ao peso e se dobrou. A cabeça do filhote de pomba tombando sobre a calçada. A menina se agachou ao lado da ave inerte. Sua mão esquerda demonstrava vontade de tocá-la, mas a direita não se movia. Enxergou, então, o que havia por trás daqueles olhos opacos. Viu o vazio. Poderia desenhar o pássaro, mas como fazer o vazio ser o Deus de todas as coisas? Porque aquele filhote de pomba não mais existia para o mundo. Acabara de partir durante o esforço de sobrevivência diante da proximidade da menina.

Eu matei o pássaro? Justo eu, que tanto quis encontrar o Deus, acabei perdendo ele? Será que eu devo chorar? É isso que as crianças fazem quando não sabem o que fazer, quando perdem alguma coisa, quando não conseguem o que querem. Mas o pássaro nunca foi meu. Enquanto esteve no ninho, protegido, não quis saber de mim. Por que então eu deveria chorar agora que ele se foi, deixando pra mim essa culpa de ter matado ele?

Seus olhos se dilataram e verteram lágrimas de sangue, enquanto se dirigiam aos céus, ao lugar em que aquela ave deveria estar. Bem longe dela. Distante desse pesadelo. Desejou abrir o peito daquela pomba e arrancar-lhe o coração morto para comungá-lo silenciosamente naquela manhã de domingo. Com determinação, a menina decidiu dar uma utilidade prática àquele par de botas odiosas que trazia nos pés. Com o ritmo de uma respiração, levantou o pé torto e o cravou certeiro no peito do pássaro, que já não agonizava. Pronto! Com o esquerdo, passou por cima do moribundo e seguiu em frente.

Ao fim daquele dia, Paloma contemplou a obra que tinha realizado e concluiu que sua criação de Deus era apenas um rascunho muito mal delineado.

Desanimada, foi dormir.

• • •

Com o pé direito, chutou a porta do quarto, pulando em seguida a bagunça esparramada no chão. Os documentos de viagem estavam jogados dentro da bolsa, com exceção do passaporte, que deveria estar na primeira gaveta da escrivaninha. Encontrou-o na pia do banheiro, ao lado da escova de dentes com uma fileira intacta de pasta. A mala estava pronta — ela também, para fugir da mãe apática e insensível, hipnotizada por pombas famintas na praça próxima à casa. Sonhar costuma ser leve, mas a faculdade distante daquele vilarejo minúsculo impôs um peso inimaginável para ela. Debaixo da cama, um par de tênis era a ideologia mais revolucionária que ela poderia conceber. Uma espécie de experiência existencial que a lançaria ao mundo, desprendida de correntes nos pés, livre de botas.

As despedidas foram fáceis, traduzidas nas palavras alívio, alforria, All Star, walkman e em verbos como migrar, flutuar, voar. Durante a viagem de avião, imaginou que poderia estar diante da chance de finalmente tocar o Deus das alturas. Imaginava-se estendendo o braço para fora da janela para remexer as nuvens com os dedos até agarrá-lo. Se o Pai estava em todas as coisas, ela sentia que aquele era o momento em que esteve mais perto de alcançá-lo. Mas Deus evaporaria no ar como sempre. Esse ser jamais se revelava, jamais sinalizava coisa alguma — nada de frio-morno-quente nessa sua relação com Deus desde a infância. Longe da mãe indiferente e da madre superiora, imaginava que talvez, nas aulas de arte em terra estrangeira, fosse possível aproximar-se desse mistério em um de seus desenhos ou pinturas, esboçar ao menos um traço, ou representá-lo, a partir de paletas, pincéis e tubos de tinta, de forma que o pudesse entender. Recostou-se na poltrona e esticou as pernas. Percebeu os pés confortáveis dentro dos tênis, os dedos abrindo-se, esparramados, os calcanhares sem a pressão do couro da bota. Ela, vestida de tênis, estava flutuando entre as nuvens. Não era um pássaro caído no meio-fio na frente da casa. Saíra do ninho voando e não seria pisada por nenhuma criatura humana, muito menos por uma criança raivosa. Mas... Por que então se preocupar com Deus, agora que se sentia tão livre? Melhor imortalizá-lo borrado em uma tela dentro de uma moldura quadrada. Deus teria que ficar para mais tarde, ou tarde alguma.

Após visitar inúmeras galerias, encontrou no chão, no canto de uma das salas de uma exposição inexpressiva, a pintura que tanto procurava, a obra de um artista desconhecido, o tal Pintor do Deserto, cuja tela havia passado de mão em mão pelos alunos no início das aulas. Tratava-se de uma Árvore da Vida no meio do deserto, com raízes que entravam na terra, como freiras missionárias dispostas a cavoucar o submundo para arrancar dele algum donativo ou alguma alma pecadora. Do solo, o tronco se elevava excomungado, com galhos paridos clandestinamente, roçando suas folhas em estrelas circulares, bagunçando a ordem do cosmos, provocando o derramamento lento de estrelas, astros e cores sobre as areias do deserto, onde a árvore dançante havia se agigantado. A obra apresentava a visão de alguma gênese delirante, orquestrada, em êxtase, a cada pincelada cósmica. Quando exposta à tela na aula de arte, mais que alcançar a dimensão da obra, Paloma passou a desejar alcançar o artista. Fez o contorno de um homem cabisbaixo, carregando uma mala semiaberta, da qual caíam fotografias espalhadas sobre sua sombra, projetada nas areias do deserto. Carregou nas tintas melancólicas dentro da silhueta do artista e salpicou lágrimas sobre as fotos esquecidas pelo caminho. Contemplou esse homem e soube que algum tipo de delírio o dominara. Ele havia abandonado tudo para realizar a grande obra de sua vida e procurava no céu estrelado uma dança cósmica que movesse o universo e fizesse o mistério se revelar. Meteu no rosto do artista olhos vidrados, que giravam enlouquecidos, como estrelas rodopiantes, voltados para o céu. Próximo a ele, um buraco negro. Ela precisava conter essa experiência. Não permitir que a dor do abandono e da solidão daquele homem tomasse conta da sua juventude. Não permitir que a obra que desejava realizar fosse devastada pela tristeza daquele ser que vagava sozinho em sua imaginação e se distanciava dela.

Impotente, deixou-se seduzir por festas, bandas de rock, bebedeiras e alucinógenos, entregou-se a alguns e a tantos. Fugiu para junto das luzes de neon e do barulho infernal, longe daquela tela e da árvore que insistia em estender sua sombra para dentro de suas insônias. A luz que ela buscava a corrompia, o neon a drogava, e ela passou a lançar cores raivosas sobre suas telas. Pintou canteiros de pregos plantados ao redor de buracos negros. Estrelas vertendo sangue sobre o deserto. O universo desorganizado, terra no topo, céu sob pés que marchavam com botas pesadas. Receitou-se LSD demais e dormiu ao relento, no asfalto, nos bancos, na prisão. Dormiria em qualquer lugar, menos à sombra daquela árvore com raízes vigorosas e asfixiantes. Porque aquela árvore havia tocado os astros e as estrelas e desalinhado os planetas. Deus não seria mais previsível. Ele não estava em nenhum recôndito do universo nem na universidade. E, quando a dose infernal se tornou over, ela rugiu: Morte, pare! Mas que poder conseguiria impedir esse fluxo? O universo havia flutuado sobre a obra e pousara na tela, tocando-a com sua música. Como aprisioná-lo na moldura? Avance, vida, antes dos ponteiros! E então ela suspendeu sua dança. Do submundo, agarrou uma mão missionária que lhe indicou buscar o artista desconhecido e compreender por que, acima de tudo, foi preciso se isolar no deserto para que sua obra se realizasse.

Sonolenta em seu abandono, silenciou sua visão e, ansiosa, carregando uma tela branca, desembarcou no Bahrein em busca do Pintor do Deserto, para pedir que ele criasse uma obra que pudesse abrigar sua alma. Para suplicar que juntos pintassem uma nova versão daquela *Tela estrelada*. Para implorar que ele não mais a abandonasse.

...

Nem toda casa desmorona quando um marido primitivo sai, batendo a porta com violência. Algumas estremecem, as goteiras se espalham, os canos enferrujados racham, mas, antes mesmo de ele virar a esquina, as paredes já estão aprumadas.

Quase tudo foi destruído naquela casa. Restam apenas um quadro, uma esperança e ela. Foi a esperança que, com certa resistência, abriu a janela naquela manhã. As dobradiças estavam enferrujadas e rangiam conforme as folhas cediam em sua expansão para a rua. Algumas palhetas das venezianas se partiram sob a pressão que se fez na tentativa afoita de deixar a luz entrar. O vidro emperrado demandou força para que a guilhotina cedesse e ele pudesse deslizar para cima pela esquadria lateral.

Há pouco ela estava deitada sobre o colchão sujo e esburacado, com as mãos amarradas, encolhida sob o lençol que passara a protegê-la. Uma dor intensa, que há muito tempo deixara de saber onde se localizava, a fazia lembrar-se de si. De pé, na frente da janela aberta, sente um braço de sol preguiçoso aproximar-se de seu corpo. Os dedos quentes do astro se enroscam em seu cabelo, tocam sua testa, até alcançar os olhos. Ela os abre com lentidão e descrença, e a luminosidade ao seu redor permite perceber o que sobrou. Na parede da sala, ficou o quadro pendurado por uma cordinha vacilante, inclinado para a direita.

As tintas, borrando a pintura que escorre em direção ao chão, resumem sua vida: uma tela, uma obra, uma assinatura: *Ela*. Isso é tudo de que precisa. Endireita o quadro para evitar que a assinatura escorra pela moldura. Por um momento, enquanto buscava fixar os olhos para além dos borrões, achou que poderia vislumbrar o que havia idealizado pintar, antes de ter chegado a este lugar: um campo, uma montanha, um rio, uma vida. Uma mulher fosca, borrada, vagando pelo deserto com olhos vidrados, forjando um movimento circular, voltados para um céu carregado de nuvens escuras, lançando raios sobre as areias e dunas, fora, no entanto, tudo o que conseguira conceber pouco tempo depois. Ela agora carrega essa vida presa a um sopro engasgado que a sufoca, enquanto as memórias avançam em sua mente. Um dia, havia se aventurado em suas pinturas. Havia molhado pincéis em tintas coloridas, deslizando-os com precisão sobre as telas, fazendo traços longos e finos, grossos e transversais, e criado com autoridade: isto é o céu, isto é a terra, isto é um rio, esta sou eu. Mas é preciso se afastar desse quadro. Não há mais espaço para algo pronto e acabado, contido e concreto — algo que não tombe pelas bordas. E ela invade as paredes brancas da sala com jatos de tinta lançados de pincéis, arremessa latas, paletas, deixa a fúria resvalar a obra, manchando-a.

Volta-se depois para a janela e apoia os braços sobre o peitoril. Para além daquela moldura, há uma paisagem que se alarga após as casas assimétricas. A vida se estende, formando um jogo de luz e sombra que parece distorcer todas as formas. O que está sendo representado naquela rua de casas irregulares, de paisagem estendida e perspectiva infinita? Ela deixou de saber. A rua se eleva transversal, cortando a paisagem imediata e diminuindo em perspectiva. Em um plano mais distante, o vento passa, embaralhando cores, árvores secas e areia, borrando a imagem. Da janela, contemplando essa pintura primitiva e original, reflete sobre tudo o que perdeu até ali, fechada naquele cubículo violento.

. . .

Gamal a havia encontrado fazendo indagações demais pelas vilas naquelas colinas intensas. O que uma mulher fazia em área de guerra? Embora atraente, não era o tipo de mulher com quem ele se casaria e a quem daria seu esperma para procriação. Mas havia algo que Gamal não entendia: a liberdade, quando feminina, é extremamente sedutora. Essa descoberta o fascinou desde a primeira vez que a viu com uma máquina fotográfica nas mãos e com um gravador coletando informações sobre a passagem de um artista desconhecido, perdido no deserto do Bahrein. Inquieta, indagadora, solicitava orientação sobre ruas e lugares, conhecimento e explicações masculinas. Aqueles homens que ele conhecia havia tanto tempo, quietos, desconfiados, desprovidos de lógica, abriam-se com ela, narravam tudo o que sabiam sobre os conflitos da região, confessavam seus pecados de violência e morte. E ela continuava indagando, sondando, inquirindo, apurando o indizível censurado, enquanto ele mal conseguia uma palavra que traduzisse aquela sensação perturbadora de ser, quem diria, violentado por uma mulher. E o conflito em sua alma crescia conforme ela se aproximava com chinelos de couro, o pé direito sutilmente virado para dentro, vestido florido solto, ombros à mostra e óculos escuros. Gamal não revelaria nada a ela — pelo menos, não com palavras. Mas isso ambos descobririam meses depois, em sua casa do outro lado da colina.

Ao atravessar a porta, a primeira coisa que ela desembrulhou de sua vida pregressa foi a tela branca. As paredes estavam vazias, careciam de história. Ela tinha muitas, mas iria resumi-las na tela que havia carregado na mochila pelo deserto até aquela região remota. Rapidamente descobriu que o gozo era másculo em sua origem e tinha raça. Pela primeira vez pressentiu que sua busca tinha estrutura física e era real. É necessário agarrá-la antes que escape. O momento é tudo o que temos e precisa ser registrado — era sua crença desde a infância. Reforçara essa convicção graças às suas intuições de artista, graças à fotografia que fazia desse universo no qual circulava. O acaso, apresentando o fio de Ariadne para ser puxado até que a revelação seja alcançada, a delação inconfessável em um deslize do interrogado. O instante em que a câmera flagra um gesto ou um olhar de muitas palavras era para ela como uma epifania religiosa. Uma revelação divina. De Gamal, no entanto, ela nunca conseguia extrair nada, e era isso o que mais a fascinava naquele homem. Aos poucos, conceber Gamal foi se tornando uma obsessão artística, uma obra a ser criada, um misto de atração pelo povo, pelo homem, pelo sentimento novo.

A primeira vez foi na alma, onde mais doeu, porque é nesse espaço que habitam os sonhos e as ilusões de quem busca vida até mesmo entre os pedregulhos do mundo. Até aquele instante imaginara que estava se aproximando do umbral daquele homem, quando lhe perguntou se havia amado antes. Ele se assombrou com o atrevimento da mulher que, em tão pouco tempo, havia posto em risco tantas coisas a que sua gente era apegada. O que mais teria ele que ceder de si para aquela fêmea insaciável? Aquela mulher que havia destinado suas investigações a aspectos práticos de sua vida eremita e disciplinada? Que havia rejeitado seus costumes, rezas e trajes? Aquele sentimento delicado que ela provocava seria suficiente para que ele, o inabalável Gamal, se esquecesse da matéria de que era feito? E ele a esbofeteou na boca, quebrando dois dentes, rachando lábios, deixando roxo o entorno daquele pedaço de rosto que tanto o atormentava. Ele não era homem de palavras, nem as ouvidas, nem as faladas. Apenas as sufocadas. Não era homem que formaria uma sentença para nomear o que aquela mulher provocava nele desde o primeiro momento em que a vira.

Houve a segunda vez, e ela ocorreu semanas depois, quando Gamal a transformou em algo monstruoso, ferido, com olhos suplicantes por um sentimento que ela sabia, mas ele desconhecia. Achou-a feia e quis que usasse um véu para cobrir aquela boca que abria e fechava sem parar, mostrando as falhas tão evidentes que ele deixara por merecimento. Mas a mulher não lhe obedecia e continuava falando, falando, falando, suplicando. Gamal se levantou da mesa, tomou o véu jogado sobre o sofá e envolveu o pescoço à sua frente para emudecer aquela voz. Quando a respiração dela estava para se calar também, ele ergueu os olhos e viu o quadro pendurado na parede. Sua vida de ermitão, de homem religioso, maculada por uma pintura que não o representava. E a imagem de uma mulher fosca, borrada, vagando pelo deserto com olhos vidrados que forjavam um movimento circular, voltados para um céu carregado de nuvens escuras que lançavam raios sobre as areias e dunas, afugentou-o daquela casa, à qual voltou alcoolizado horas depois. No momento em que a disciplina de Gamal resolveu amarrar metodicamente as mãos da histérica, alimentando-a com pão e água esporádicos, atormentando-a com rezas cronometradas e embriaguez certeira como único alívio ao que ele não alcançava atingir com sua tradição, ela entendeu que não havia mais nada a ser investigado naquele lugar e optou pela única saída ao seu alcance: romper, com cacos de vidro, os nós que a prendiam.

...

Apoiada na janela, sente-se possuída pelo cheiro e o gosto da luz que a cerca, tudo o que foi arrancado dela será reconquistado. Algo precisa ser esboçado e concebido. Sente a urgência. A paisagem à frente não a deixa vacilar. O tempo impõe ritmo e reprova a alma pregressa desperdiçada. Talvez uma pintura que aponte isto é o céu, isto é a terra, isto é um rio, esta sou eu pudesse revelar a essência abandonada. Talvez esquecer que um dia perambulou pelas areias do deserto em busca de um artista desconhecido e de sua árvore misteriosa, tocando um céu estrelado, pudesse trazer a realidade para além das colinas, pudesse permitir a travessia de fronteiras, pisando folhas, apalpando árvores e sentindo o solo, porque é no território conhecido sob os pés que as perguntas se desfazem e as respostas brotam. Qual seria o sentido de toda essa busca? Aquela terra violenta parece informar: nada tem sentido. Há apenas a presença invisível do destino sendo delineado pelos traços de tinta que brotam dos dedos. O milagre nascendo do vazio.

Desembaraça-se do lençol, solta os cabelos e calça os chinelos. Há um sentimento de êxtase permeando todas as coisas, presente acima da existência humana. Acessá-lo significa desapegar-se das fantasias — e isso é melhor que tudo. Isso é tudo o que possui. O mistério na espera. Há uma porta a ser aberta, um retorno a ser realizado para longe daquela terra, daquela realidade de abandono e solidão. Pinta-se na porta da casa de Gamal como uma mulher imperiosa, com cabelos soltos e vestido vermelho, com mãos livres e olhar ensolarado. É preciso criar uma nova tela para sua vida. É preciso traçar o milagre em meio ao vazio que mudou para dentro dela.

Um cachorro vira a esquina. Aproxima-se exalando um odor forte, cambaleando até a porta da casa, e deita à sua frente, com a cauda pontuda estirada em sua direção, impedindo sua partida. Paloma levanta o pé ruim e o crava certeiro no meio do corpo do animal. Com o esquerdo, passa por cima do infeliz e segue em frente. O cão levanta a cabeça e, atônito, persegue Paloma com um olhar vingativo.

. . .

Após todos estes anos de ausência, o vilarejo continua estagnado. Encravado entre as montanhas, não se emancipou, mas conservou um aspecto pitoresco de cidade provinciana que um dia sonhou ser berço de grandes nomes. Estranho ter sido chamada para retornar a este lugar remoto para o seu funeral, em decorrência das suas excentricidades, do episódio alucinógeno, você perdida, esbravejando nas colinas nos arredores do vilarejo. Nasci de você por ofício e obrigação, com a missão de prender meu pai em casa. Mas não cumpri muito bem meu desígnio. Estar ao lado da sua lápide, entre o padre e o coveiro, foi o mais próximo a que conseguimos chegar. Você, mãe, me concebeu em sua vida em algum momento? Me enxergou no jardim de casa buscando explicações?

Eu não suportava sua solidão e seu vazio, sua vida mórbida, sem sentido. Acho que você nunca compreendeu que, assim como meu pai, eu precisava encontrar na pintura os elementos que pudessem desvendar o mistério da vida. E sua vida pequena diminuía a busca, impossibilitava o encontro. Ele partiu e levou sua alma, antecipando que eu também seria seduzida pela solidão do mundo. Foi a indiferença que fez com que você não me percebesse e me entregasse à limitação de uma madre superiora? Porque, mãe, eu queria o grande, o indizível, o impalpável. E ela me dava cartilhas e tabuadas, me obrigava a praticar caligrafia todos os dias e a decorar os livros de catequese. Nada disso educou meu espírito, porque sempre o povoaram as tintas e os pincéis do meu pai. O deserto do meu pai era o meu habitat, e eu percorri o mundo tentando encontrá-lo para ser tocada e transformada em uma estrela dançante em seu céu. Por outro lado, a amargura e a melancolia que encontrava em você foram minha alforria, mas também meu aprisionamento a essa necessidade de retornar para perceber que, com a sua morte, eu poderia deixar de fugir.

. . .

Voltei aqui hoje para dizer que não consegui derramar uma lágrima sequer ao longo da rápida cerimônia do seu sepultamento. Mas fiquei surpresa por saber que, de alguma forma, não herdei sua insensibilidade. Preocupei-me com o pároco velhinho, que falava maquinalmente todas aquelas palavras ritualísticas que você queria que eu tivesse absorvido. E tive pena do coveiro, que tremia de frio, debaixo da tempestade, em suas roupas sujas de barro. Dei a ele meu guarda-chuva. Nunca fiz questão de me defender da chuva com nada, nem com galochas ou capas. Sempre gostei de sentir as gotas escorrendo pelo corpo, já que, na nossa casa, havia um deserto cobrindo os móveis e areias finas correndo em nossas artérias.

Após o seu funeral, perambulei durante horas pelo vilarejo antes de criar coragem de voltar à casa que dividimos na minha infância. Encontrei o que era esperado: pó e desamparo sobre os móveis, desleixo e teias atrás das portas, louça suja e geladeira vazia. Não ousei levantar os tapetes para espiar tudo o que você empurrou para debaixo deles ao longo dos anos. Também ensaiei muito tempo antes de entrar no meu quarto, com receio de encontrar o par de botas pretas que havia largado no fundo do armário. Depois da partida do meu pai, você nunca mais percebeu a minha existência ou a sua própria, esqueceu-se de cuidar da vida, inclusive da vida presente na sujeira daqueles cômodos. Resolvi abrir imediatamente as janelas e deixar o ar entrar, para que a luz me permitisse enxergar o pó e afastá-lo dos móveis, varrer o assoalho e tirar suas coisas dos armários e gavetas. Queria pintar um novo passado para a minha vida nesta casa herdada, a única doação que você me fez em vida.

Encontrei em uma das gavetas seu querido bloco de notas, cheio de revelações sobre seus últimos dias de lucidez, e um bilhete de ônibus para La Solitaria. Não sabia que você havia ousado tanto, ido à rodoviária, comprado uma passagem para viajar, afastando-se de sua vida miúda. O que você buscava em uma praia de veraneio no inverno?

...

Querido bloco,

Você estava perdido na gaveta no meio das tralhas da minha mãe. Resolvi, então, registrar aqui a minha última escapulida. Uma forma de afrontar a minha mãe, que só escapulia para si mesma.

Passei alguns dias em La Solitaria, buscando inspiração para uma nova pintura. Fiquei um bom tempo passeando descalça pelas areias finas da praia, tentando pintar a tarde e conversando com as estrelas após o anoitecer. Certa noite, embriagada, ouvi ecoar do passado a voz de um poeta recitando versos sedutores sobre o deserto, estrelas dançantes e uma Árvore da Vida que as tocava com seus galhos. Acordei na manhã seguinte entorpecida pelo sonho que tivera com o poeta andarilho que me socorrera no deserto do Bahrein, após minha fuga da casa de Gamal, e que, durante a madrugada, sob as estrelas, plantara em meu ventre o fruto de sua poesia. Fui caminhar na praia, carregando este pedaço do poeta em meu útero. Os versos da noite anterior não saíam da minha mente, embrulhavam-se e me davam ânsia e tontura. O mesmo tema me perseguindo com insistência. Estava frustrada com a minha obra, porque nada do que concebia fugia da ideia de uma noite estrelada, com astros rodopiando freneticamente, dançando enlouquecidos ao som cósmico que invadia o universo. Queria me livrar dessas estrelas, mas, quanto mais me esforçava, mais elas pendiam diante da minha vista. Encontrei, inclusive, afundada na areia, uma estrela-do-mar sem uma das pontas e quis acrescentá-la à minha *Noite estrelada.*

Foi então que decidi voltar para o nosso vilarejo e fazer uma última visita à minha mãe.

...

No caminho para o cemitério, passei pela praça que fica perto da nossa casa. Levei algumas migalhas às pombas, perseguidas, apavoradas, pelo mesmo cão de rabo pontudo, catinguento e rosnador da minha infância, com o qual ninguém ousava se meter. Sempre soube que você ia à praça visitá-las, quis acreditar que sentia algum afeto por essas aves, que conseguem voar longas distâncias a um destino certo. Resolvi também fazer uma visita ao Museo de los Olvidados, onde a *Tela estrelada*, a obra do homem que nos abandonou, foi exibida tempos atrás. Só não consigo compreender como essa tela foi parar no porão de casa. Mas imagino que você tenha feito de tudo para se apropriar dela, embora nunca lhe tivesse pertencido. Levei algum tempo pensando em tudo o que sacrificamos por essa tela e no pouco que nos sobrou. Penso, quem sabe, retornar um dia a este vilarejo para expor também minha *Noite estrelada* no Los Olvidados. Incluí em minha tela de estrelas dançantes a estrela-do-mar de ponta partida que encontrei nas areias de La Solitaria. Espero que aí, em sua solidão e silêncio, você possa encontrar a ponta que nos faltou ao longo da vida.

• • •

Vim aqui para me despedir de você e deste vilarejo e contar que hoje, nas minhas andanças pela praça das suas pombas adoradas, tive um vislumbre da sua infância silenciada e aprisionada nos passeios com o seu avô militar pelos parques de uma cidade grande. Senti enorme compaixão pela pomba que você nunca conseguiu ser e tentei encontrar algumas das suas penas abandonadas pelo caminho. Entendi que jamais pertencerei ao passado da sua existência, ao pretérito da vida neste lugar atrofiado. Quanto a ter um futuro convivendo com o pouco que resta de você, isso também não me pertencerá.

Decidi partir rumo a terras distantes para encontrá-la no seu lugar de nascimento, para compreender a criança que você foi antes dos seus abandonos. Quem sabe, na sua origem, eu possa descobri-la brincando de pomba.

Levo comigo a *Tela estrelada*, que estava abandonada no porão, e esta criação que trago em meu ventre. É a forma mais original que encontro para pintar uma nova existência para nós duas. Buscá-la em suas raízes é a única maneira possível de finalmente poder me tornar — também eu — sua paloma adorada, que possa se alimentar de suas migalhas e sobreviver com elas.

...

Assim que tranquei a porta, os sinos da igreja começaram a tocar. Suas batidas me alertavam de que há um tempo para todas as coisas, e ele decepa vidas. Joguei depressa suas chaves no riacho que passa pelo nosso vilarejo. E parti.

II

adelita e el libertador

Adelita tinha os dedos da mão esquerda espremidos uns sobre os outros. Livre, apenas o polegar, que se movia com desespero para cima e para baixo, incompetente em sua luta para alforriar da mão vigorosa do Avô os outros quatro dedos. Entusiasmado com o discurso que fazia à neta, o Avô alternava a pressão em torno da mãozinha da menina, conforme a modulação de sua voz sempre que o nome do El Libertador Simón José Antonio de la Santísima Trinidad Bolívar Ponte y Palacios Blanco era mencionado. Os dedos de Adelita iam ficando dormentes ao longo da pronúncia cadenciada, enquanto o Avô recitava o nome enfadonho do Bolívar, e um formigamento subia pelo braço quando ela tentava manter a mente desperta, focada na outra mão, metida no bolso do casaco escolar, onde seus dedos livres brincavam com as migalhas de pão que iria distribuir às pombas no caminho da escola.

Ao entrarem no parque, Adelita foi forçada pelo Avô a se lembrar do que acontecera com Simón quando criança. Ela preferia esquecer essas histórias que corriam entre labirintos dentro de sua cabeça e se perdiam para sempre. Quando alguma indagação sobre a vida do Bolívar chegava a seus ouvidos em um tom imponente e cheio de expectativas, a menina imediatamente olhava, apreensiva, para o alto, onde ficava a boca do Avô, e retornava a pergunta com olhos arregalados e desesperados, tentando encontrar, no meio do labirinto mental, alguma pista de onde ficava a saída para aquela cilada. Mas o Avô, imperturbável, não percebia o desespero da neta. Projetava a boca bigoduda para a frente, estrangulava um pouco mais os dedos minúsculos, presos em sua mão direita, e continuava marchando, tagarela, arrastando a neta com passos firmes e largos em direção ao centro da praça.

Adelita aproveitava os olhos erguidos para mantê-los assim, voltados para o céu, em busca de suas pombas, e se esquecia de mover os pés, até o momento em que o braço comprido do velho não esticava mais. Então programava três ou quatro passinhos saltitantes para cada passo longo do Avô. Desconfiava — o Avô-enciclopédia nunca havia mencionado esse fato — de que o avô de Simón era um homem calado, o que a levava a imaginar que os dedos do menino não sofriam de "entusiasmo", como os dela. Era, para a menina, impossível acompanhar o palavrório daquele homem, ainda mais quando enfatizava o momento em que o menino Simón, ao ficar órfão, fora viver na casa do avô. Tal história confundia Adelita. Odiava a palavra "órfão" — essa expressão não conseguia provocar nela nenhuma empatia pelo menino Simón, ainda mais porque ela nunca tinha ficado órfã como ele. Fora apenas despachada para a casa do Avô, em uma gaiola, aos três anos.

Mais oito passos e o Avô-sabe-tudo chegaria à parte da história que era a preferida de Adelita, quando, na maioria das vezes, ela conseguia mexer de leve os dedos da mão esquerda e contar mentalmente até cinco, que eram mais ou menos os anos que faltavam para ela completar a idade em que Simón havia fugido da casa de um tio, que mantinha a guarda sobre ele após a morte do avô, para viver com outra parente da família. Adelita também tinha tentado fugir algumas vezes, mas sempre era pega por aquele Avô-competente. Fixou a atenção nas pombas, que voavam livres. Costumava procurar seus ninhos quando entrava na praça. Imaginava-os cheios de uma palha fina, entrelaçada, com fios soltos no meio. Uma vez o Avô disse que os ninhos das pombas ficam cheios de excrementos. Pela cara retorcida do Avô, ela deduziu que excremento não era alimento, pelo menos não devia ser dos bons, e desistiu de pensar em ninhos onde mães-pombas habitavam sensatas, caladas, zelosas, sem estrangular as asas dos filhotes.

A praça continuava eficiente à sua volta, cheia de árvores sem folhas e de ruelas que se encontravam e partiam. O Avô sabia qual ruela pegar, enquanto a menina se perdia com os olhos, vagando-os por toda parte em busca das pombas. Será que alguma mãe-pomba lá do alto não conseguiria enxergar uma menina caminhando saltitante e acelerada ao lado de um Avô-maritaca?

— Sabia que Simón Bolívar não descansaria enquanto não libertasse toda a América Latina do domínio espanhol?

Adelita não sabia. Mas seus dedos tinham certeza de que seriam novamente esmagados. E o polegar de Adelita se mexia mais rapidamente, enquanto a menina retornava os olhos grandes e entediados ao Avô, pronta para perguntar o que significava "domínio espanhol". O Avô esticava a mão desocupada para baixo, enquanto, com a outra, levantava determinado o braço esquerdo de Adelita, quase a fazendo voar. A menina considerava que era essa a sensação das pombas quando se preparavam para o voo. Então relaxava e deixava a emoção tomar conta dela, seria uma boa ideia voar como um filhote-pomba para longe das asas agitadas do Avô. Mas o Avô-estraga-prazeres sempre interrompia o voo da neta na melhor parte e baixava o braço com vigor, retornando-a ao chão, falando, exaltando Simón, dando passos cada vez mais largos, estrangulando, entusiasmado, os dedos da menina. O pior de tudo era quando ele levantava muito a voz. Adelita olhava para os lados, temerosa de que outras pessoas no parque estivessem ouvindo e ficassem prestando atenção naquela história sem graça e se aproximassem do Avô e pedissem a ele mais histórias do órfão Bolívar e indagassem detalhes dos combates e das batalhas, e das vitórias, e das nunca-derrotas de El Libertador sobre os espanhóis e... Nessas horas, Adelita imaginava como seriam as mãos — e principalmente os dedos — de espanhóis livres. Porque as mãos e os dedos da menina demorariam algumas décadas para sentir o efeito da libertação, caso as pessoas do parque provocassem a eloquência do Avô-pavão quando ele percebesse que a plateia havia se ampliado. Ela queria apenas encontrar suas pombas, jogar migalhas de pão para elas e correr atrás de cada uma até que voassem.

Flutuando por um caminho paralelo àquele em que estavam, vinha, avoado, o guarda Juan Pablo, balançando seu cassetete. Logo à sua frente havia um desvio à esquerda que ele poderia pegar tranquilamente se estivesse buscando um banco para repousar. Adelita viu quando Juan virou o pescoço para os dois lados, na dúvida se faria a curva ou não. Percebeu também quando olhou o relógio, tirou o quepe da cabeça e alisou o cassetete. Pelo tempo parado, concluiu que o homem estava cansado e ficaria alguns minutos inerte, bem no meio do caminho que o Avô resolvera traçar daquela vez. Imediatamente buscou distrair o Avô, puxando seu braço, mostrando entusiasmo para encontrar o Bolívar no centro da praça. Mas o velho virou a cabeça um pouco para o lado, e seus olhos focaram a figura do guarda, reconhecendo sua vítima preferida da praça. Acenou a Juan Pablo, jamais com a mão esquerda, mas com a direita, marcial, justamente aquela que prendia a neta, erguendo-a do chão quando o espírito determinado do Avô se manifestava. Graças à euforia empregada no gesto, Adelita acreditou que dessa vez seria alçada aos céus e voaria com suas pombas. Mas o Avô tombou o braço direito, enquanto impulsionava seu corpo enorme em direção ao guarda encurralado. Frustrada na decolagem, Adelita aterrissou com brusquidão, mal conseguindo firmar os pés, que já tinham se preparado para os milhares de passos que dariam para conseguir acompanhar o Avô-combatente pela alameda à direita. Sempre à direita.

O centro da praça ficaria esquecido por minutos intermináveis enquanto o Avô discursaria sobre a in-de-pen-dên-ci-a da América Latina, dedos em riste, cabeça altiva, olhos eloquentes e voz exaltada:

— ¡Buen día, Juan Pablo!

— … o dia não está nada bom… assim como as pessoas…

— "¡Compatriotas! ¡Las armas os darán la independencia! ¡Las leyes os darán la libertad!"

— … é o que dizia o homem…

— ¡Vamos, hombre! O novo mundo será constituído por nações livres e independentes! "¡Las naciones avanzan hacia su grandeza!"

— … e ele se esforçou tanto…

— "¡Todos los pueblos del mundo que han lidiado por la libertad han exterminado al fin a sus tiranos!"

— … mas alguns tiranos ficaram para contar…

— "Pueblos unidos!", esse era seu objetivo supremo!

— … só que os povos nunca se uniram…

— Sem liberdade não conquistamos nossos ideais, Juan Pablo!

— … não sei se ideais foram feitos para ser conquistados…

— Somos guerreiros em batalha, preparando o futuro para as novas gerações!

— … mas… se morrermos?…

— "¡El soldado bisoño lo cree todo perdido desde que es derrotado una vez!" Enfrentamos os inimigos pela liberdade de todas as nações da América Latina.

— … e são tantas…

— Legisladores! Uni-vos em torno de um só ideal!

— Preciso seguir minha ronda.

— E como já dizia nosso Libertador: "¡La religión es la ley de la conciencia!"

— ???

— "¡La libertad es..."

— Melhor continuarmos nessa jornada, coronel! O senhor pra lá pra encontrar seu Libertador, e eu pra cá vigiando o mundo real.

O Avô-alto-falante bateu continência com o braço direito, para alívio de sua netinha-pomba, ainda com suas peninhas, mais do que nunca, presas e estranguladas na mão do Avô, que fez meia-volta e volveu em direção ao centro da Plaza de Bolívar.

Pelo caminho, o velho comandante prosseguiu contando as aventuras do Magnífico Guerreiro Bolívar e as traições sofridas por ele enquanto defendia seus ideais. Adelita achava que esse guerreiro já havia batalhado o suficiente e que o Avô deveria baixar as armas e começar a procurar as pombas com ela. Estava ansiosa para livrar sua mão e brincar com suas pássaras. Toda a batalha de sua existência se concentrava no polegar, que não parava de se movimentar para cima e para baixo, pressionando o polegar do Avô com toda a força de que era capaz para ver se, pelo menos dessa vez, conseguiria libertar os demais dedos.

— E então, aos quarenta e sete anos, Simón Bolívar morreu... Você se lembra como?

Adelita arregalou os olhos, erguendo-os fixos naquele bigode enorme, que parara de se mover, esperando uma resposta.

Ela havia esquecido.

Ele não notou seu pânico.

— Nosso Libertador não morreu em um campo de batalha, combatendo "los enemigos de las naciones libres". Sabe como foi que ele morreu?

Adelita abriu a boca para responder qualquer coisa. Para quê?

— Ele morreu de tuberculose! Pobre homem… Imagino a decepção que deve ter sido para El Libertador ter que lutar contra uma morte tão imbecil como essa.

Adelita decidiu, nesse exato momento, que sua morte seria inteligente.

Chegaram, lado a lado, ao centro da praça. Adelita espiava a movimentação no céu, procurando suas pombas, que já deviam saber que ela havia chegado com o bolso cheio de migalhas de pão. O Avô-deslumbrado fixava o olhar em Simón Bolívar, que se exibia firme, altivo, em sua casaca de bronze. A estátua, no entanto, parecia olhar repreendedora para baixo, para Adelita, que não lhe dava a mínima, enquanto concentrava a atenção desesperada na tentativa derradeira de se libertar dos dedos do Avô. Simón segurava uma espada na mão direita. Adelita, migalhas de pão. Foi quando, finalmente, o Avô-disciplinado libertou a mão da menina para que ele pudesse bater continência ao Bronze. Livre, Adelita disparou para o gramado, onde as pombas ora bicavam o chão, ora fugiam, apavoradas, do cão vadio que sempre perambulava rosnando pela praça, atormentando todo mundo. Esse cão sarnento e fedido era um folgado. Passava o dia lambendo as patas, batendo a cauda pontuda no chão e latindo para os velhos e doentes que ficavam sentados nos bancos da praça. Alguns mendigos às vezes o adotavam e davam sua parca comida para ele, que, não satisfeito com a qualidade ou quantidade, mordia suas mãos e roubava as migalhas das pobres pombas. Logo era abandonado de novo. Ninguém conseguia afugentá-lo. Às vezes aquele cachorro maléfico sumia, para aparecer tempos depois, mais sarnento ainda. Dava para sentir o cheiro dele de longe. A menina não gostava desse cão, que a olhava zombeteiro quando ela aparecia arrastada pelo Avô na praça.

Adelita tirou as migalhas do bolso e as esparramou na palma da mão. Seu gosto maior era sentir as pombas beliscando sua pele enquanto bicavam o pão. Adelita ria e soltava gritinhos: "Vocês são minhas libertadoras!" Elas respondiam com mais beliscos. "Juntas venceremos os Avôs-tagarelas!" E as pombas comiam, balançando freneticamente a cabeça. "E escaparemos das garras do El Libertador!" Elas continuavam concordando com a cabeça. "E abriremos as asas para marchar em direção às nuvens!" A menina pensava todos esses comandos — enaltecendo-os em sua mente —, assim, como acreditava, faziam as pombas quando se sentiam entediadas. E dessa vez, imitando a imponência do Avô: "Nunca mais pisaremos solo inimigo! Pisaremos apenas as nuvens!" As pombas sobrevoaram a estátua de bronze do El Libertador, estudando o terreno. "E venceremos o inimigo que nos oprime!"

Três pombas nervosas levantaram voo, fugindo do vira-lata que se aproximava, e pousaram sobre a cabeça do Grande General Simón Bolívar. A menina parou com sua divagação mental e olhou para elas com aprovação, decifrando o que estava prestes a acontecer, enquanto agitavam as asas até as dobrarem para trás, erguendo brevemente as penas traseiras. Minutos depois, um filete marrom-claro, gosmento e opaco, fluido e lento, começou a vazar de cada pomba, esparramando-se sobre a cabeça do Libertador. Os filetes passaram a se tornar mais lisos e escorregadios conforme se misturavam às gotículas de água presentes no bronze da estátua e escorriam suavemente em várias direções. Adelita acompanhava vibrando o percurso de cada filete. Um deles entrou nos vincos do cabelo do Guerreiro e se dividiu pelos filamentos, perdendo impulso gravitacional, estacionando sua porção gosmenta em algumas mechas. Outro filamento continuou pela fronte do Libertador e deslizou sobre seu olho direito, que permanecia fixo em Adelita. A menina conteve o espanto para dar lugar a um leve sorriso, enquanto o último filete, o mais grosso de todos, descia com vigor pelo nariz bem esculpido de Simón Bolívar e parava na ponta. Uma gota mais espessa começou a se formar, resistindo à queda, dependurada ali, balançando, hesitante se deveria fazer o percurso sobre os lábios ou sobre a lateral direita da boca. Se El Gran Bolívar estivesse vivo, poderia aspirar aquela gosma, pensou vingativa a menina. Aos poucos, a gota foi aumentando, fazendo pressão para cair sobre o uniforme do Libertador da América.

Com a aprovação das pombas, Adelita esticou o corpo, levantou a cabeça, estendeu firmemente o braço esquerdo para baixo, enquanto o direito se dobrava com vigor para que os dedos encostassem contra a testa em sinal de continência ao Libertador borrado. Adelita olhou desafiadora para o Avô e percebeu que ele batalhava contra o sol, que ofuscava sua visão. Com os olhos baixados em direção à neta, o Avô-todo-orgulhoso, ao ver a menina prestando homenagem ao mito, devolveu-lhe um sorriso cerimonioso.

— Adelia, percebo que você compreendeu muito bem as lições de seu Avô e, principalmente, os ensinamentos do Magnífico El Libertador Simón José Antonio de la Santísima Trinidad Bolívar Ponte y Palacios Blanco! Sua natureza impulsiva está sendo domada! Nunca se esqueça de que "si la naturaleza se opone, la combatiremos y haremos que nos obedezca!"

Adelita olhou desafiadora para Simón, aguardando as punições a que a estátua iria submetê-la. E acompanhou o deslizar tranquilo da gota grossa e gosmenta, que pendia do nariz do Simón e caía sobre o peito, ofuscando o bronze brilhante com a cor marrom-clara e opaca daquilo que se esparramava sobre a medalha reluzente do Magnífico Libertador, até atingir a careca do Avô-imponente.

el libertador e adelita

Há muitas luas passo o dia preso em pensamentos embolados em minha cabeça oca de bronze. São como sangue fluindo em artérias inexistentes. Tento fechar os olhos para os horrores desta batalha diária no centro desta praça colossal, mas eles se mantêm fixos e determinados como sempre. Não suporto mais esta couraça que me impede os movimentos. Eu, que libertei tantos povos, não consigo mais levantar a espada para lutar contra os inimigos que me cercam, que avançam a passos rápidos e circulam à minha volta. Sentam-se aos meus pés e falam sem parar. Gente barulhenta! Inimigos relapsos! Não me enxergam? Será que não compreendem que impus uma nova ordem no continente, que estabeleci regras e leis que servem para domesticar o impulso latino para a libertinagem? "¡La constitución es la ley suprema de todos los países libres!" Quantas vezes repeti isso? Quantas vezes terei que repetir? Minha boca não se move e não posso gritar. Não posso sequer abrir as páginas desta cópia da constituição que botaram em minha mão esquerda. "¡La constitución está paralizada a la izquierda!" E a espada na direita não tem valor algum; não há mais como fazer uso dela contra este povo que me cerca, que não percebe o significado da República estabelecida por mim em muitos países da América. Minha voz reverbera dentro do bronze da minha cabeça e me deixa tonto, sinto que posso desfalecer. Não me reconheço como este maricas, tendo colapsos por causa de um grito mental. Não me reconheço. Não me reconhecem. Lembro que trago um medalhão no peito em homenagem a George Washington. What's the use? Sou digno de tê-lo no peito neste estado em que me encontro? Somos pais de pátrias, fomos feitos para ser estadistas, líderes, libertadores… bronze? Este bronze no qual fui esculpido reflete o sol. Na sombra vejo projetados heroísmo e grandeza; é minha capa de imperador romano que cai dos ombros aos pés, onde várias pombas nojentas se agitam, fazendo a festa.

A vida, a vida e a morte. E os pensamentos que lhes dão estrutura. Abasteci meus dias com ideais grandiosos para o meu povo… para mim. Libertar os países da América do jugo dos espanhóis era meu bem supremo. Mas, a cada conquista, um pouco de mim era também subjugado a uma nova batalha, cada conquista gloriosa me aprisionava a feitos ligados à honra e ao poder. Como hoje esses povos todos contabilizam as vidas que foram perdidas para que eu atingisse este ideal supremo? Esta terra está banhada de sangue jamais servido como expiação em cálices sagrados. Ossos quebrados, pisoteados por monstros de quatro rodas, velozes, poluidores do céu que tanto almejei. Cavalos sendo substituídos por calhambeques. Uma afronta ver as pessoas combatendo batalhas sofisticadas nas ruas, montadas em cavalos de lata movidos por rodas. Raça preguiçosa e fútil! Sou um homem de algum valor diante deste ultraje, meu Deus? Um verme ao menos? Não! Sou este bronze cintilante que ninguém vê, com exceção destas pombas porcas que me visitam e fazem uso da minha cabeça, que deveria estar polida. Este órgão que abrigou sonhos de grandiosidade, que me impulsionou a realizações inimagináveis, hoje não existe, mas funciona preso nesta caixa. As pombas, estes seres medíocres, têm o privilégio de voar livres e de, com a morte, ficar libertas de qualquer honraria prestada pela humanidade, de qualquer legado sem sentido que o cérebro insiste em evocar. E eu? Esta caixa de bronze!

A praça está muito agitada hoje. Há quatro vias laterais, e gosto de saber que levam os nomes dos países que libertei. Por aqui passam homens tagarelas, mostrando a invasores, chamados de turistas, todos os monumentos que me cercam. É difícil ser El Libertador diante de uma turba ignorante. Mais difícil ainda ser um bronze borrado, um guerreador paralisado, um combatente com uma espada inerte. Meu corpo, meu melhor companheiro de batalha, meu escudeiro sempre em prontidão, sustento e amparo para a minha alma, me abandonou. Os vermes o devoraram, mas não conseguiram saborear minha mente e meu espírito. Houve sim uma tentativa de violar minha memória em uma celebração póstuma em meu túmulo. Mas o espírito só é destruído em vida. Na morte, nada nem ninguém é capaz de derrotá-lo. É preciso estar vivo para que este nosso habitante seja aniquilado enquanto erramos pelas veredas da existência. Na morte o espírito se impõe e, por mais que se queira celebrar as glórias passadas, o espírito dosa a fortuna acumulada e não cede perante as alucinações grandiosas.

— Esta praça é fundamental para a história do nosso país. Ela foi fundada no início do século XVI e passou por uma ampla reforma em 1960 para a celebração dos cento e cinquenta anos da independência. Ao centro, vocês podem ver uma estátua de bronze que parece querer dominar o espaço. Este foi um dos nossos primeiros monumentos públicos. Trata-se de um ponto privilegiado, de onde é possível apreciar os estilos arquitetônicos ecléticos da praça.

Contra todas as evidências, eu, que já deveria me comportar como um defunto, permaneço com minha cabeça oca de bronze na ativa, enquanto meu espírito atormentado não me permite desfrutar meu fim diante da loucura à minha volta. Estou preso a uma finitude imortal, obrigado a me deparar com minha morte na presença viva desses humanos idiotas e estúpidos que me cercam. Não gostaria de ser visto como este bronze sem valor, mas como o herói que dedicou a vida por uma causa maior: promover a liberdade às nações e a dignidade a cada povo que se desenvolvia em seu próprio ritmo caótico e turbulento. Hoje cada um de vocês me decepciona nesta praça infame. Não me ouvem. Não reconhecem meu sacrifício. Homens e mulheres deste mundo, vocês merecem ser livres?

— Confiram, à esquerda, os edifícios neoclássicos em torno de la plaza, el Capitolio Nacional e el Palacio Liévano. À direita, admirem a fachada dominante da catedral do século XIX.

Deus, como não notei antes? Sua casa na terra é dominante, mas eu também a quis dominar. Hoje você me pune por isso, não consumando minha derrota. Até esses seres inferiores são dotados da virtude da morte... Estarei eu condenado a esta aniquilação diária, em uma praça grosseira, diante de ignorantes?

— Mais adiante, o Palacio de Justicia, reconstruído duas vezes após ter sido incendiado por manifestantes.

A justiça sempre foi uma assassina, que me envenenava com doses diárias. Como ser justo se eu sofria com a injustiça dos homens? Assim criava minhas próprias leis, inventava minha democracia, porque minhas leis não diferem daquelas elaboradas pelos seres deste mundo. Cada qual criando seus códigos de sobrevivência, enquanto escrevem constituições e erguem monumentos a Têmis, essa deusa paralisada, inútil à minha frente, inocente, de venda nos olhos, que sabiamente não ousa retirar. Seria ela hábil o suficiente para manter a justiça caso fosse capaz de enxergar o espírito que habita os seres desta terra? Essa mesma justiça, virtude frágil criada no mundo civilizado, foi incendiada com seu palácio algumas vezes diante dos meus olhos nesta praça. Mas manifestação alguma alcançará seu objetivo se cada homem deste mundo não aprender a reivindicar para si uma alma avessa aos embustes humanos.

— Admirem o estilo colonial da fachada daquele museu, que abriga exposições de itens associados à independência. E, antes de sair de la plaza, não deixem de tirar fotos com as llamas ornadas com nossas vestimentas típicas e coloridas e de comprar suvenires com os vendedores ambulantes. Temos réplicas da estátua, gorros, cinzeiros, toalhinhas de rosto bordadas, chaveiros… tudo com imagens dos magníficos monumentos presentes na praça, para todos os gostos, inclusive deliciosos quitutes típicos, feitos com produtos da região. É sempre bom voltar para casa com essas lembranças importantes da nossa gente.

Pobres llamas obrigadas a posar de artistas neste circo a céu aberto! Por que um ser pensante iria querer tirar uma foto com essas pobres criaturas fantasiadas?

Justiça, para se fazer de inocente, há que se fechar os olhos para os ditames do mundo. Há inocência no ser humano? Seria possível a um simples turista da vida ser chamado de inocente? Quando um turista, em sua ignorância, compra um suvenir, algo em mim se revolve e me devora. Não há armas capazes de vencer uma batalha contra pessoas que comercializam a História. Pode então meu passado de glórias ser comprado? As lembranças podem ser trocadas por moedas? Quem define o valor de cada lembrança?

— De quem é essa estátua?

— Como essa, há centenas espalhadas pela América Latina. Em 1846, essa escultura foi instalada para substituir uma fonte da praça, que já teve o nome grandioso de Plaza de la Constitución, alterado para Plaza de Bolívar. A estátua foi esculpida por Pietro Tenerani e fundida por Ferdinand von Mulier na cidade de Munique, em 1844. Foi doada à capital de Nova Granada por José Ignacio París, que havia contratado Tenerani para instalá-la na entrada de uma quinta. A obra é composta por uma escultura de bronze e quatro relevos alegóricos à proclamação da independência americana, ao juramento da Constituição, à clemência com o exército inimigo e à abolição da escravatura. Foi inaugurada em 20 de julho de 1846 em cerimônia presidida pelo general Tomás Cipriano de Mosquera e por seu irmão, o arcebispo Manuel José Mosquera.

E eu, seu verme?! Seres insignificantes como você são capazes de aniquilar os grandes deste mundo. Como aquele bacilo invisível, vitorioso sobre minha história memorável. El Conquistador conquistado por um bacilo. Passei dias transpirando horrores, com febre altíssima e cuspindo sangue. Um líder idiota recente disse que, na verdade, fui assassinado. Se alguém almejou meu assassinato, deveria ter dado um tiro no bacilo que me destruiu. Mas a dor maior que trago dessa doença — e a trago dentro desta couraça — é a dor no peito. Essa dor me comprime, me aflige. Antes da minha morte, ela se potencializava nas crises de tosse, até que as golfadas de catarro e sangue a expelissem. Hoje ela se revolta dentro de mim. A rebelião mais poderosa que já travei. Minha autoridade, outrora tão absoluta, ressente-se do poder perdido. Por que meu espírito infame não assimilou um pouco do poder daquele bacilo minúsculo, invisível, conquistador soberano? Travei tantas batalhas contra inimigos colossais, obstinados e perspicazes, mas fui derrotado pelo invisível. E o mais irônico é perceber que, ao me derrotar — cilada das ciladas —, o bacilo foi abatido em seu campo de batalha; meu corpo, que nos unia, nos abandonou na luta que travávamos. Meu maior infortúnio é não ter trazido a mortalidade para os dias de hoje. Meu espírito não se entrega e me derrota todos os dias no centro desta praça imunda.

— ¡Buen día, Juan Pablo!

— ... o dia não está nada bom... assim como as pessoas...

— Fazendo sua ronda? Cuidando bem da praça?

— ... impossível cuidar da praça com esses turistas porcos que você traz aos montes pra cá...

— ¡Hombre! Anime-se! Temos um novo prefeito republicano. Ele prometeu limpar a praça dos cães e das galinhas. Um marco turístico como este, com tantos monumentos históricos magníficos, cercado da sujeira desses bichos fedorentos! A catedral, o Palacio de Justicia não merecem esse tratamento... e meus turistas precisam gastar suas moedas nas lojas ao redor da praça...

— ... assim é...

Não percamos tempo com guias, turistas, galinhas, cachorros que perambulam pela praça. A História não tem linhas para eles. Estes monumentos magníficos, no entanto, são muito preciosos, embora a História, essa Grande Dama, nos tenha maltratado sem compaixão. Com a morte, descobri que o espírito não é apenas essência. Ele é materialidade. O espírito tem ouvidos, sente odores, sobretudo os de cães fedorentos, e enxerga tudo aquilo que os mortais não são capazes de vislumbrar. Meus olhos viram mudanças radicais serem abrigadas nesta praça. Mas nada ofereceu maior identidade a este espaço do que o momento em que resolveram instaurar minha estátua no centro. Quando meu espírito aqui foi encarnado, imaginei as transformações culturais que iriam contribuir para o desenvolvimento dessa gente inculta de sua História, essa gente que, a partir daquele momento glorioso, poderia começar a compreender os símbolos e significados do meu legado. No início, este espaço público com meu nome lembraria às pessoas, residentes ou visitantes, o herói mais distinto de todas as nações da América, o emblema civil mais representativo da República. No entanto, ao longo dos anos, ouvi indistintos debates ideológicos, presenciei espetáculos circenses, execuções e confrontos políticos sangrentos que desencadearam algumas guerras civis. Partidos opositores utilizando meus símbolos conforme sua conveniência. Anos depois, este lugar se tornou mais atraente. Estive rodeado de jardins e árvores, uma forma sedutora de atrair pessoas de diversas faixas etárias, além desse maldito guia acompanhado de um guardinha inútil.

— E a espada do homem, muchacho?! Graças a Deus os turistas nem notaram!

— ... imagino...

— Você não estava fazendo sua ronda quando os vândalos assaltaram o herói?

— ... acho que sim... Deixa eu ver se me lembro...

— Parece que foi no meio de um protesto.

— ... hum...

— Por Deus! Resolveram rapidamente colocar uma réplica, enquanto procuram a original nos ferros-velhos!

Quando a vida se vai, tudo o que resta a um herói é sua honra, dignidade e, acima de tudo, suas conquistas.

Isso ninguém lhe rouba. Quando se trata de um herói, o respeito que ele alcança é perpetuado pela História, sua Mestra e Dama Fiel. Aos indivíduos comuns, cabem os princípios e as virtudes. Esses são os bens supremos a serem cultivados por eles. Uma recompensa — não importa se ínfima — no momento da morte àqueles que os aplicaram e que se deve levar da vida. Sempre acreditei que essas virtudes são para alguns como uma segunda pele. Não se descarta a pele. Ela os reveste, lhes dá forma e apresenta ao mundo a estética de que são todos forjados. Dizem que Deus criou o homem do barro e, no sétimo dia, cochilou. Minha tese era a de que, enquanto descansava, algum invasor deu andamento ao trabalho de Deus, acompanhando o desenrolar das histórias humanas, enfeitando e moldando o barro com elementos mais ardilosos. O zelo mordaz com que esse ser vem esculpindo a raça humana e o resultado desse seu empenho revelam a qualidade do barro utilizado. Os poros transpiram seu odor, porque não há meios de encobrir a verdade. A pele a exala e espalha o vírus da peste por onde ele passa, animal fedorento e grotesco.

— E todo esse excremento, meu amigo? Hoje um turista sueco notou. O fedor estava forte, e o excremento encobria toda a cabeça da estátua. Já que não querem tirar as pombas da praça, que ao menos deem uma lustradinha no bronze vez ou outra.

— ... vão fazer isso nos próximos dias...

— Li que a prefeitura vai mandar iluminar a estátua de bronze.

— Agora sim! Teremos excremento luminoso para a admiração dos turistas!

— !!!

Basta! Minhas forças não acompanham minha vontade de levantar a espada e golpear todos vocês, cínicos endemoninhados. Esforçam-se por me tirar toda a honra e a dignidade. Assim como descobri que, com a morte, a pele, essa minha camada de prestígio, foi-me tirada pelos vermes. No entanto, asseguro-lhes que há uma virtude, uma virtude apenas, a virtude soberana sobre todas as demais, que ninguém, nem mesmo a morte, é capaz de roubar de um homem honrado: a esperança. Crença suprema deixada por Dante na entrada do Inferno. Ela nunca — jamais — será queimada pelo fogo da destruição humana! Sempre haverá homens e mulheres, crianças e velhos virtuosos que a honrarão e homenagearão aqueles que deram a vida pela pátria, perpetuando vibrantes e com fé inabalável o seu legado!

...

Um vira-lata empesteado corre pela praça assustando as pombas, que voam amedrontadas sobre a estátua. Por uma das vielas, um velho tagarela se aproxima, segurando a mão de uma menina.

III

quando o amor golpeia

Minha mãe costumava dizer que eu era um menino muito sensível, que havia nascido para ser um grande escritor. Como o universo está sempre fazendo conspirações, desde menino, andava pelas ruas com as mãos suadas nos bolsos, sem olhar para as pedras no caminho, mas mantendo os olhos fixos no céu, enquanto aguardava as musas que desceriam rodopiantes por entre as nuvens e a qualquer momento se materializariam à minha frente para se tornarem personagens das minhas histórias de amor. Desejava ser tocado por elas, acreditava que esse toque sublime me transformaria em um escritor romântico. Conto esse detalhe porque hoje, quando saí à procura da minha esposa, andei como se estivesse à caça de uma dessas musas que escapam entre os dedos quando um homem apaixonado tenta agarrá-las.

Seguindo o meu coração, antes de o sol se pôr, eu já havia procurado minha esposa em todas as esquinas desta cidade onde sempre desconfiei que ela se escondia. Desci e subi as ruas do Morro da Santa Piedade, espreitando becos e ruelas. Embora soubesse que sua desfaçatez não a levaria às veias sombrias da nossa cidade, imaginava minha esposa saciando seu desejo nos escombros das casas, enquanto eu era o próprio estrondo explodindo por ela, tanto nas escapadas conjugais que fazia como pesquisa de campo para meus romances quanto nos momentos em que me sentia trancafiado na rotina turbulenta da nossa casa. Uma história só se torna real se permeada de ações, de preferência sequenciais, em ordem cronológica. Por isso a procurei também no cemitério, lugar em que já havia enterrado todas as celebrações e sonhos dos primeiros anos do nosso casamento: o mel nas nossas bodas de papel; a paixão nas bodas de algodão; o ninho nas bodas de linho; a anima nas bodas de cerâmica; e o último abraço nas bodas de aço.

Devia — isso sim — ter me procurado fazendo compras na venda do Pereira. E — pe-lo-a-mor-de-Deus — chega dessa mania de ficar fazendo rimas ridículas e forçadas!

Desde o primeiro dia em que vi essa flor, soube que ela seria da minha vida o grande amor. Nos idealizei velhinhos fazendo coisas simples, como ir à venda do Pereira escolher frutas e legumes para nossas refeições, ou caminhar de mãos dadas pelas bodas de seda, de renda, de marfim, de cristal, até consagrarmos nosso amor com uma chuva de prata e uma tempestade de ouro, cercados de filhos e netos, amigos e inimigos. Mas nossa história fez essa mulher insubstituível se tornar minha vilã mais espontânea. Soube disso quando celebramos nossas bodas de cerâmica. Nessa época, vivíamos momentos recheados de louças quebradas pela casa. Era tanta destruição, que eu pisava em cacos espalhados até o portão do jardim, por onde passava todas as manhãs quando saía para o trabalho. Minha esposa foi idealizada apenas para se ocupar de futilidades que não envolviam nossos estilhaços esparramados pelo jardim, onde os cacos ficavam reluzindo sob o brilho do sol.

Você sempre quis me humilhar, ofuscar meu brilho, me transformar em uma boneca cheia de remendos.

Nunca me fiei em suas ladainhas. Desconfiava de seus queixumes, querendo me impressionar com suas pequenas vaidades. Afinal, quem vê cara não vê coração. Por esse motivo, em um primeiro momento, passei pelos lugares mais banais da nossa cidade. Depois, ao sair do cemitério, pensei em encontrá-la banhando-se nas plácidas águas do rio, como idealizei quando éramos jovens e apaixonados. Fazia uma tarde tórrida na primeira vez que fomos passear, de mãos dadas, pelas margens. Cansada, ela resolveu descansar sob o sol, enquanto eu, sentado ao seu lado, ardia por traduzi-la nos versos que tentava passar para o papel. A água estava bem próxima dos dedos do seu pé, e eu ficava aguardando ansioso o encontro do dedinho singelo de pele branca e unha pintada de carmim com a água fria, só para ter o vislumbre do estremecimento daquele corpo adorado. Ela era para mim como um rio caudaloso: abundante demais, fresca demais, carnal demais para afluentes como eu. Tinha sede de sua nudez, do contato com sua pele, mas não a ousava tocar. Às vezes me levantava para me banhar, buscando aplacar o furor que consumia meus dedos, que rabiscavam versos desconexos e obscenos. Minha sede daquela mulher era tanta que não percebia que era ela o rio que me tragava, enquanto eu tentava sorver dela alguma água que pudesse me saciar.

Muito falatório para pouca ação.

Foi quando ela sugeriu que tirássemos as roupas e nadássemos nus que a vida, pela primeira vez encarnada em forma de mulher, despertou minha potência masculina. Algumas narrativas buscam acrescentar certo erotismo em sua trama, mas apenas um escritor muito talentoso, como eu, consegue manter controle diante de uma fêmea como ela, que, fugindo do script, começa a se despir. Ela costumava se vestir como as melindrosas. Gostava de estar na moda, com sobrancelhas finas e lábios vermelhos carnudos. Atrevida, primeiro levantou os braços, puxando o vestido por cima da cabeça. Caindo pelas costas, um longo colar de pérolas dava voltas no pescoço. Tirou o chapeuzinho clochê, revelando o novo corte de cabelo, curto com ondas na franja. Começou, então, a escorregar lentamente as luvas de renda pelos braços, puxando com os dentes as pontas da luva esquerda e, depois, as da direita. Minha vontade era a de arrebentar seu colar para ver as pérolas percorrerem aquele corpo adorado. Mas, embaraçado com a situação, fingia apenas colhê-las com meu desejo nada atrofiado. Ela chamou meu nome, ergui os olhos e a vi enrolando o colar nos dedos. Meu olhar resistiu à primeira, à segunda e à terceira torção, mas meu coração cedeu, enquanto meu membro latejava, afoito, entre as pernas. O órgão cardíaco acelerou na altura da minha garganta, e as palavras não ousaram ejacular. Ela se divertia com minha timidez e, quanto mais ria, mais ruborizado eu ficava. Então estendeu as mãos, convidando-me para dançar, e virou-se de costas para mim, baixando a cabeça, indicando que eu deveria abrir o fecho do seu colar de pérolas. Mas, como no meu caso querer não era poder, minhas mãos tremiam e os dedos não conseguiam tocar com desenvoltura aquelas teclas de pérolas. Impaciente, ela levou as mãos à altura do pescoço e abriu o colar com destreza. Imaginando, então, que eu teria dificuldade com meus próprios botões e fechos, virou-se para mim e começou a me despir com sofreguidão.

Sua timidez me dava nos nervos.

Sei bem por que estou descrevendo todos os pormenores. Apesar de ser um homem tímido, sei que eles são relevantes para este gênero narrativo. Há quanto tempo não recriava essas situações desafiadoras, que me fizeram evoluir como ser humano... Há certa solidão em momentos como esses, um silêncio repentino sinalizando a proximidade de uma tormenta. Depois, uma ventania capaz de quebrar galhos inconscientes e abalar raízes, presas ao que julgavam terra viva. Porque foi esse dia da minha juventude que me conduziu ao subterrâneo em que me encontro agora. E, quanto mais cavo a terra, mais percebo a profusão das minhas raízes, fixas no solo, buscando sorver qualquer água possível para amenizar o ressecamento do galho disfuncional que hoje sustento entre as pernas.

Estou procurando apenas encontrar alguma compreensão dos tormentos que me acompanharam até o desenlace assombroso desta história, que espero conseguir apagar da minha mente. Nosso amor foi como uma montanha-russa, cheio de altos e baixos. E eu era aquele que sempre queria dar mais uma voltinha para resgatar a emoção. Fui atingido pelo sentimento de imaginar que ela tivesse retornado para viver naquelas águas a paixão que minha timidez não permitiu na nossa juventude, quem sabe mergulhando bem fundo para reencontrar a ingenuidade que eu deveria ter perdido naquele dia. Frustrada com meu encabulamento juvenil e minha falta de iniciativa, ela não entrou nua no rio, e eu não pude saber o que teria sido mergulhar minha inocência em sua intimidade, em seu desejo, antes de conhecê-la verdadeiramente em nossas núpcias. Sua ousadia coquete teria permitido que eu, pela primeira vez, traçasse o encontro da poesia com a música que carregava em meu peito. Mas, naquela tarde, ela se afastou de mim, vestiu as roupas rapidamente, sem tocar minha urgência.

Você era o maior desmancha-prazeres da face da terra.

Aquele dia da minha juventude ficou borrado na nossa lua de mel, quando descobri que a inocência de um e a ousadia de outra não convivem de forma harmoniosa. Mesclam-se no desigual, um não alcança a outra, e a decepção é o rebento carnal mais certo dessa união. Apesar de tudo, sinto gratidão pelas lutas que travei na minha juventude. Elas fizeram de mim um escritor romântico audacioso que almejava realizar suas fantasias com as heroínas dos seus folhetins.

Seja realista! Você, com suas fantasias sobre mim, agia como um clichê ambulante. Fez de mim uma personagem ordinária e criou enredos patéticos, forçando que eu me adequasse a eles para preencher a falta de sentido das histórias que você inventava.

Quando saí do rio e retornei à cidade, resolvi continuar criando frases e parágrafos nos lugares em que sabia que ela não estaria. Fiz isso por medo de encontrar sua alma me atormentando nos becos que passei a frequentar para vivenciar algumas das minhas desventuras amorosas, inspiração para meus romances. Fui ver se ela estava na porta da escola esperando pelos filhos que nunca tivemos. Pode parecer absurdo, mas, apesar de todas as desilusões, cheguei a idealizá-la como a mulher que pudesse me prover um primogênito saudável.

Seu hipócrita! Diga a verdade! Você odiava crianças.

Com o tempo, acabei me recusando a ter filhos com ela, porque não a achava preparada, quer dizer, digna de ser mãe. Sempre comparei o corpo de uma mulher com uma catedral, um espaço sagrado que não apenas gera outro ser, mas tem o privilégio de abrigar a concepção de uma alma, um terreno santo em que o espírito do universo se une a um corpo, oferecendo-lhe uma existência única. A mãe do meu filho abrigaria meus genes, meus talentos, meus sonhos e minha inteligência. Ela, porém, nunca valorizou a bagagem cheia de folhetins que transportei pela vida, reduzida com o tempo a uma mala coberta de adesivos gastos, colados em memória do meu varão não nascido, de cada criança que ela deve ter arrancado daquele templo invadido por pecadores que não buscavam confissão e absolvição.

Você sempre foi péssimo com metáforas.

O certo é que, se ela não existisse, eu lhe inventaria uma realidade. Minha esposa atribuía o meu fascínio por metáforas ao fato de eu buscar sempre comparar nossa vida com tudo o que encontrava na ficção. Jogava sistematicamente na minha cara que, como não conseguia ser um escritor premiado, eu a elaborava como uma personagem figurativa, de quinta categoria, e a escrevia em tramas sórdidas que combinavam com meu estilo pouco apurado. O que ela nunca compreendeu foi que eu buscava o tempo todo usar meu talento para espalhar amor, acreditando que só o amor seria capaz de nos salvar. Nossos parentes, nossos vizinhos sabiam como ela era dissimulada e capaz de manipular até as passagens mais lindas que eu acrescentei a alguns dos meus romances, como em *Um encontro de almas gêmeas; Quando surge o verdadeiro amor; Amor que enlouquece.*

Títulos ridículos! Cheios de cenas açucaradas e passagens literalmente sem pé nem cabeça.

Como as passagens que eu também fazia à Rosa dos Ventos, a floricultura da Carmencita, a única da nossa cidade. Você se engana se acha que as floristas são capazes de salvar uma flor que se encontra a caminho da finitude em suas mãos. Elas nos trapaceiam com laços, fitas e papel-celofane. Há uma armadilha na beleza de um buquê a ser enviado à mulher amada. Nada nele é duradouro e verdadeiro. Aquelas flores distantes do jardim tornam-se apenas artefato. Mas nos deixamos enganar, porque acreditamos que os gestos de amor eterno são capazes de substituir os sentimentos. Nos primeiros anos de casados, sempre que voltava das viagens de lançamento de livros, passava pela Rosa dos Ventos e comprava um ramalhete de flores brancas para ela. Copiava em um cartão, desesperado de paixão e saudade, os versos que havia escrito no ônibus, fantasiando nosso reencontro. Carmencita dizia com um sorriso suspeito: "Contribuindo com o jardim da sua mulher?" Nunca consegui decifrar o comentário daquela forasteira voluptuosa tida como feiticeira na cidade. O que é um grande equívoco para um escritor, que deveria saber que são os detalhes que formam o todo. Minha esposa dedicava tempo e alma ao jardim da nossa casa, cultivando flores e ervas diversas, como lírio, girassol, hibisco, cravo, amor-perfeito, narciso, boca-de-leão e outras com as quais preparava chás diversos para mim.

Que tolinho... Será que você nunca percebeu que eu gostava de rosas também?

As rosas brancas eram minhas favoritas, mas nunca foram plantadas no jardim de casa. Eram depositadas em um vaso na sala de visitas, até ficarem amareladas e serem descartadas.

Meu querido! Eu gostava das rosas VERMELHAS*!*

Com o tempo, fui colhendo várias evidências, além das flores compulsivas esparramadas no jardim. Do nosso quarto, brotavam vestidos nunca usados para mim. Vidros de perfume quase vazios na penteadeira de uma mulher que dizia raramente sair de casa. Batom vermelho para lábios sempre descoloridos. Discos de bolero nunca dançados sobre o tapete da sala. Vou retomar a linha dos fatos. Quando fui pagar o ramalhete de rosas brancas, percebi um vaso de jasmim-estrela e um cartão com o nome dela.

Jasmim era a minha flor pre-fe-ri-da!

Nunca entendi como uma pessoa pode apreciar essa flor. Já reparou como é o jasmim? Tão despudorado, apelativo… variado. Nunca consegui descrevê-lo. Quando via vasos de jasmim na Rosa dos Ventos, perguntava a Carmencita: "É de jasmim mesmo que ela gosta?" Peguei o cartão.

Nunca vasculhei suas coisas. Há muito tempo deixei de me interessar pela sua vida.

Ao contrário dela, jamais dei motivo para desconfianças. No entanto, no meu caso, desde que o Cupido flechou meu coração, sigo meus dias sofrendo por causa da dor dessa flechada. Como a incerteza é o vírus de um homem infeliz, resolvi pegar aquele vaso e ler o cartão, por dois motivos: primeiro, senti vontade de conferir definitivamente a importância daquele jasmim-estrela e, segundo, porque é preciso ser curioso para ser um bom escritor. O cartão tinha uma frase emblemática: "Minha amada, não fantasio meus sentimentos. Meu amor por você é real." Sim. Não tive dúvidas. O cartão continha o nome da minha esposa. Yasmin. Com Y e N de "náusea" no final.

Melhor seria se você dissesse N de neurótico.

Não. N de náusea, de ninguém, de nada. Era o tipo de vaso barato e de bilhete insosso que um homem banal dá a uma mulher vulgar. Enquanto eu era o tipo de homem com H maiúsculo, que trazia no peito uma nostalgia do que não havíamos vivido, junto com rosas brancas embrulhadas em celofane branco, envolto por uma fita branca com um laço meio torto… branco. E uma certeza de que a estrada da vida se torna ainda mais tortuosa quando os pensamentos vagueiam por trilhas que não deveriam ser percorridas. No caminho de volta para casa, construí várias hipóteses, tentando traçar pontes que ligassem uma margem à outra, já que sempre pisei toras e pedras escorregadias nas minhas travessias sobre águas turbulentas. Quando cheguei em casa, era apenas um vulto em frangalhos, aterrorizado.

Há muita fragilidade na força indescritível da mão que enfrenta todas as hesitações antes de abrir a porta de uma casa suspeita. Essa mão vasculha os bolsos e encontra um molho de chaves confusas. Há pessoas que não transportam apenas a chave necessária; elas as acumulam porque nunca sabem se precisarão revisitar esses lugares em algum momento inesperado da vida. Trago comigo as chaves da casa da minha mãe desde que ela faleceu. Minha mãe tinha um apreço enorme por seu templo e cultivava, em seu pequeno jardim, rosas brancas. Em sua casa há as marcas da esposa e mãe virtuosa que ela foi um dia. Imagens de santos e santas em todos os cômodos e um imenso quadro com uma pomba de asas abertas, barriga protuberante e cabeça para o alto. É a imagem do Divino Espírito Santo, de quem ela foi devota exemplar. Há também na casa uma biblioteca cheia de folhetins, romances e livros de conselhos morais e dicas práticas que ela consultava. Foi nessa biblioteca que escrevi meu primeiro romance: *O despertar de um amor proibido*. Desde então, sempre encontrei minha essência — meu verdadeiro eu — vagando pelos cômodos e pelo corredor que liga os quartos. Nunca abro a janela, para que nada escape daquele ambiente.

Sua mãe sempre foi sua protagonista favorita. E eu, apenas uma personagem secundária, uma cópia idealizada.

Minha mãe era uma mulher exemplar. Lia fábulas para mim e trazia vida às páginas e vozes que perambulavam pela minha mente. Antes de morrer, pediu-me que nunca me desfizesse da casa, porque eu tinha nascido para ser um grande homem e seria feliz apenas onde ela havia me criado e inspirado; minha vida não teria sentido, meu espírito não encontraria paz se precisasse abandonar aquela casa ou fugir de um casamento infeliz, assim como ela, coitada, toda santa e devota, foi forçada a fazer ao fugir agarrada a um cantor de bolero. Mas havia anos eu não habitava mais na casa da minha mãe, minha alma já não me acompanhava pelas ruas, e minhas histórias me descartavam como protagonista antes de que eu chegasse ao clímax.

Por favor, não escreva o clímax da sua versão macabra da nossa história...

Vou descrevê-lo. Veja que desfecho genial!

...

No molho de chaves, há também a chave da casa de um marido não esperado, que encontra, ao entrar, uma mesa arrumada com velas acesas, pratos, taças, talheres de prata herdados da mãe, tudo arranjado para duas pessoas, e um vaso de jasmim-estrela no centro. Esse homem caminha em direção à mesa e seu pensamento tomba sobre ela ao ver que o jantar seria à luz de velas. A crueldade de um cenário não preparado para ele seduz sua fantasia, e ele fabrica suposições enquanto vive sua versão da história. Na vitrola, um bolero suspira possibilidades quando a mulher aparece à porta do quarto com uma camisola vermelha decotada, meias finas, cinta-liga, luvas, salto alto e o colar de pérolas que quase provocou sua perdição na juventude, batom vermelho e toda perfumada, pronta para se doar.

Surpresa! Preparei um chazinho para te relaxar!

Há uma indecisão obstinada na mão que hesita entre pegar a xícara de chá ou a faca sobre a mesa arrumada, ao lado do prato que o homem supõe que seria o dela. É nesse momento que, em um mau romance, um herói covarde se retira diante da cena brutal para que o anti-herói a assuma, porque a coragem do anti-herói surge quando ele percebe que tudo o que foi descrito até o momento derradeiro da narrativa conduz à conclusão de que a vilã não portava uma alma nas entranhas da sua carne.

Você não teria coragem de fazer isso comigo!

No entanto, se ainda no prenúncio do ato o autor tem a habilidade de fazer com que o protagonista, antes de qualquer ação urgente, reflita enquanto toma o chá relaxante oferecido pela esposa, ele chega a uma descoberta mais, digamos, metafísica: aquela mulher porta sim uma alma, uma alma porosa que não consegue se saciar com o amor idealizado que ele tem para lhe oferecer; o amor vaza pelos poros e cai aos pés para ser pisoteado. E, antes que os saltos atinjam o centro do peito, ocorre o clímax da história: o marido, ao se aproximar, derruba a xícara agora vazia, toma a faca e, sem ouvir a súplica da mulher, crava a lâmina afiada no decote à sua frente. O decote cede... e desaba lentamente... aos pés do romancista que acaba de se descobrir um habilidoso escritor de tramas policiais.

...

... sem uma palavra de emoção. Restando ao marido apenas a certeza de que é melhor se arrepender do que fez do que deixar de realizar sua vingança.

Não julgue esse personagem traído. Ele foi concebido cheio de sentimentos românticos, e é a emoção viril que o vai conduzir ao jardim de sua casa para em um ataque de fúria, na frente de um cachorro enigmático que — plantado na história sabe-se lá o motivo — o observa vitorioso arrancar com a mesma faca, cada lírio, girassol, hibisco, cravo, amor-perfeito, narciso, boca-de-leão, jasmim-estrela e ervas benéficas e maléficas.

Ainda estou viva!

— Não! Yasmin é morta!

E, com essa faca, ele vai podar a esposa que julga infiel, plantada apenas em suas fantasias, cortando assim o próprio pescoço. A essa altura da história, arrancar sua cabeça é a única forma de calar aquela voz feminina itálica, vinda do além, que sempre interrompe a narrativa com uma série de comentários inúteis e que já deveria ter sido silenciada em sua mente quando ele golpeou a personagem secundária que era sua esposa. Essa é uma maneira simplista e rápida para um recém-descoberto escritor de romances policiais oferecer uma justificativa verossímil a seu protagonista desmiolado e finalizar sua história antes de dar furos, empregando um bom e velho clichê, artifício literário que agrada uma parcela razoável de leitores

No fim, tudo dá certo.

romance à flor da pele

A floricultura de Carmencita é a minha salvação. Aliás, salvação de Carmencita também. Ela chegou ao Brasil muito jovem, com pouco dinheiro, furtado de um pai maluco, um coronel autoritário que passava o dia percorrendo a praça principal, exaltando os feitos de algum herói que havia libertado os povos da América Latina. Carmencita buscava outro tipo de liberdade, distante do pai alucinado e da mediocridade da vida naquele rincón del mundo. Assim que chegou, encantou-se com as flores nativas que encontrou neste outro canto tropical e passou a colecioná-las em sua casa minúscula. Aos poucos, foi aprendendo sobre as propriedades misteriosas das plantas. Aprendeu também que, para conviver com a riqueza natural, nada melhor que colher abundâncias de outros cultivos e se enroscou com um ignorante, mas rico fazendeiro casado, surripiando-o com muito talento. Em sua fazenda, Carmencita foi logo se aproximando dos peões, dos vaqueiros musculosos e, principalmente, dos currais, onde, também ela, tinha tetas a oferecer. Mas não era só a curiosidade de boiadeiros que Carmencita despertava. Despertava, antes de mais nada, uma atenção muito particular nas mulheres, que a princípio a ignoravam e depois, conforme sua presença ia se impondo entre seus homens, passavam a empregar contra ela os poderes secretos das flores e plantas daquelas paragens. Foi assim que Carmencita aprendeu *in loco* e na carne o domínio medicinal e maligno da mãe natureza. Identificou-se profundamente com essa mãe.

Para compensar a ignorância do fazendeiro rico, de quem desfrutava a abundância material, já que da outra o pobre homem era desprovido, pôs à prova sua inteligência herbática recém-adquirida, seduziu-o, levou-o ao altar e resolveu ficar viúva. Na sequência, apaixonou-se loucamente por um caixeiro-viajante que a visitava quando lhe dava na telha, ou seja, nos intervalos das visitas que fazia a flores de jardins alheios. Quando o ciúme de Carmencita atingiu um ponto avaliado como insuportável, ela decidiu empregar seu conhecimento floral acumulado para ficar novamente viúva. Foi o caminho mais rápido — e mais adequado, porque desprovido de atalhos — para se livrar de homens obcecados por libertinagem. A única liberdade que Carmencita, apesar de todos os esforços, não conseguia controlar era a própria. Desde que ficara viúva, primeiro do fazendeiro xucro e, depois, do caixeiro-viajante galanteador, começou a receber visitas dos espíritos de ambos, que vinham atormentá-la e cobrar que a malvada lhes devolvesse a vida que lhes havia tirado. Passou também a aconselhar os mortos daquelas terras que lhe pediam ajuda para se vingar dos seus malfeitores. Foi assim que Carmencita começou a adquirir a temida fama de feiticeira, bruja, a mulher ouvinte de mortos, conselheira de defuntos. Logo compreendeu que entre os malfeitores estavam as esposas daqueles defuntos com os quais ela trocava confidências. Soube que, no silêncio de suas existências, aquelas mulheres haviam aprimorado seus conhecimentos herbáticos para empregar, contra maridos traidores, uma violência muito menos ruidosa que a utilizada havia anos por seus homens nos pastos da boiada e na boiada caseira.

Dividindo o dia e a noite entre vivos e mortos e a Rosa dos Ventos, a floricultura que havia aberto, Carmencita achava tempo para ter casos escandalosos na nossa cidade. Sua presença seduzia os homens, ao mesmo tempo que sua fama de bruja assombrava as mulheres, que, ajuizadas, não se metiam com ela. Como não podia deixar de ser, os poderes de Carmencita chegaram à minha casa e penetraram com volúpia a mente romanesca do meu marido, que com certa assiduidade a visitava para inúmeros exercícios de campo, que seriam transformados em cenas eróticas em seus romances medíocres. Eu tinha muita raiva da feiticeira, invejava por todos os poros sua liberdade fogosa. Por abandono, receio... desejo, fui, aos poucos, me aproximando dela. Passava na Rosa dos Ventos quase todos os dias, ansiosa para comprar um vaso de jasmim — flor que combina com meu nome, Yasmin, com N de namoro, de noiva, de nobre — e trazer um pouco de romance real à minha casa. Mas ia à floricultura, acima de tudo, porque minha curiosidade havia sido atiçada e eu queria estar próxima daquela mulher, que passara a me despertar para conhecimentos mais profundos sobre os segredos das plantas que cultivava em um espaço secreto de seu jardim. Nosso relacionamento se estreitou principalmente após sua gravidez. Carmencita, experiente na arte de se desembaraçar de los embarazos no deseados, buscou utilizar toda a sua sapiência para se libertar daquele feto invasor, embarricado em seu ventre. Fazia chás poderosos, esfregava unguentos por todo o corpo, aspirava pó de café, chegou até a comer algumas folhas de arruda para apaziguar o desespero e cortar o mal pela raiz. Nada funcionava. A única reação que essas aventuras pelo reino dos vegetais lhe proporcionavam eram náuseas, vômitos, diarreias, fúria. Quanto mais a barriga crescia, mais planta ela comia. Com os meses, Carmencita foi desistindo da degustação desenfreada, perdendo as esperanças diante da obstinação do bucho que só aumentava, determinado a derrotá-la com mais virulência do que qualquer mulher-muito-bem-casada que tinha o destemor de atacá-la na rua. E assim o ser que evoluía em Carmencita foi fincando raízes em sua barriga, espetando um novo espinho em seu ventre a cada dia de gestação.

A filha já estava com dois anos quando Carmencita, após todas as minhas súplicas, começou a me passar alguns segredos da sua floricultura. Displicente, largava por vezes a menina na praça, cercada de pombas, como se fosse uma delas, enquanto, na Rosa dos Ventos, não só me oferecia ensinamentos obscuros sobre plantas e flores, mas discursava exaltada sobre os efeitos libertadores de cada uma delas. A filha era dotada de uma excentricidade dissimulada, e sua presença me perturbava desde o momento em que a vi pela primeira vez. Sonhadora demais, apesar de rebelde; rebelde demais, apesar de sonhadora. Eu notava nela algo que reconhecia, mas não queria contextualizar.

Certo dia, como em tantos outros, eu seguia temerosa a curandeira tagarela, receando que alguém me visse acompanhada da forasteira Ladrona de Hombres. Ela discursava entusiasmada sobre sua nova descoberta, capaz de libertar as mulheres de qualquer mau agouro, ou seja, de qualquer homem indesejado. Tinha os olhos agitados, gesticulava muito e esporadicamente levantava o braço direito, com que segurava a mãozinha esquerda da menina, que tentava caminhar cambaleante ao seu lado. Em um desses movimentos, Carmencita lançou a garota pelos ares. O impulso frenético fez a saia branca da menina abrir como asas, amenizando sua aterrissagem logo à frente, próximo de umas pombas que ciscavam o chão. A garota se levantou, vigorosa, e começou a bater os braços com frenesi e a correr exaltada atrás das aves, que, espantadas com a empolgação daquela pequena humana, partiram em revoada. Voltamos para casa com a pirralha aos berros, inconsolada, emitindo arrulhos altos pelo caminho. O drama durou dias, a garota só dava trégua à mãe quando era levada à praça com algumas migalhas no bolso para alimentar as pombas. Carmencita, que conseguia dar um jeito nos homens mais indomesticáveis, nada podia contra aquela pombacita que habitava sua casa.

Conforme se intensificava minha aproximação daquele lar disforme, mais curiosidade sentia a respeito da beleza e dos segredos que as flores tinham a oferecer. Aprendi que:

Há flores lindas para ornamentação.

Há plantas necessárias para nutrição.

Há ervas milagrosas para os males do corpo e da alma.

E há a mãe natureza, revoltada contra o tratamento que recebe dos seres humanos.

Sempre fui uma mulher passional, que apreciava rosas vermelhas. Mas, após minhas primeiras idas à floricultura, me encantei com o jasmim, uma das flores mais delicadas que conheci. Há várias espécies dessa planta, que exalam um aroma adocicado. Aprendi com Carmencita que manter um vaso de jasmim na sala permite afastar sintomas de ansiedade ou melancolia. Passei, então, a seguir as instruções de um livro que vi na Rosa dos Ventos, que ensinavam a produzir um óleo afrodisíaco dessa flor.

Levava meu frasco para casa e algumas flores secas para um chá que, além de calmante, seria um ótimo sedativo para o meu marido — esse homem impossível que invariavelmente chegava ora superdotado, ora delirante, com a imaginação ativa, desenvolvendo histórias doentias e violentas, frutos de ciúmes e intrigas, que alimentavam as páginas dos folhetins baratos que escrevia, vendidos aos montes nas bancas de jornal da nossa cidade. Na juventude, quando ele me tirou para dançar no Baile do Vitória da Conquista, encantei-me com a hipótese de me casar com um escritor e decidi me apaixonar por aquele rapaz que me seduzia com falas certeiras para o meu coração de moça carente. Ouvia-o narrar que a mãe, assim que o filho começara a ser alfabetizado, identificara nele um talento original nunca antes visto, uma capacidade de criar histórias nunca antes publicadas e de suscitar paixões em leitoras e rivalidades em não leitores nunca antes imaginadas por maridos que abominavam a presença dessas obras sentimentais em seus lares. Para a mãe do meu noivo, o filho seguiria fielmente a trajetória de um grande escritor visionário: a princípio suas obras não seriam compreendidas porque estariam muito além da sua época; depois ele seria odiado por aqueles que invejariam seu talento; por fim, após anos de incompreensão, ele seria laureado com os mais significativos prêmios do meio literário, estaria presente em todos os periódicos e bancas de jornal, e em todos os armazéns, bazares, empórios e vendas da nossa cidade, e teria suas obras traduzidas em trinta e sete países.

Quando ele me disse que me amar era sua maior loucura, mas queria ser louco ao meu lado a vida toda, aceitei esse pedido de casamento meio capenga. Já me sentia confortável no papel vacilante de musa de sua criação sem dúvida alguma sortida. Via-me projetada em cada linha e nos impulsos românticos ousados das protagonistas de seus romances. Minha felicidade suprema era acreditar que, depois de sua mãe, eu era a inspiração daquele grande escritor, que ele via em mim alguma sensualidade e assim encontrava material suficiente para desenvolver suas personagens, mesmo as secundárias.

Personificada em vice-musa, buscava sempre trazer novidades para casa, para ver se poderia aprimorar sua produção literária. Perfumes, velas, camisolas rendadas, cintas-ligas, jantares românticos, discos de bolero, flores faziam parte do meu arsenal. Óleos aromáticos sedutores e chás de plantas afrodisíacas eram minha última artilharia. Havia aprendido com Carmencita movimentos precisos de massagem erótica, que fariam os ânimos exaltados de qualquer homem criativo derreterem ao toque. Mas nada apaziguava os ciúmes violentos de amantes imaginados pelo meu escrevinhador doméstico. Esse sentimento romântico fora inserido em sua narrativa desde que, na adolescência, a santa mãe idolatrada o abandonara, fugindo de casa para viver um grande amor em outro país com um cantor de bolero.

Passei, com o tempo, a ser alvo de sua raiva e frustração. Ele quebrava louças em casa, atirava jarras e copos pelas janelas, espetava-me com garfos e arrancava-me chumaços de cabelo. Sua neurose suprema era controlar cada ida minha à Rosa dos Ventos. Dizia que eu ia à casa da meretriz para me encontrar com meus amantes. Que os jasmins adocicados que trazia para casa eram presentes dos vários casos que eu mantinha. Mal sabia ele que, por falta de romance, eu mesma elaborava com minha nova amiga cartões que falavam de um amor verdadeiro e escolhia vasos de jasmim para enfeitar nosso hospício. Ele, por hábito, extrapolava as portas do nosso manicômio para ficcionalizar aos vizinhos histórias a meu respeito, para me difamar e distorcer as minhas linhas em seus romances. E, como nas bancas de jornal da nossa cidade meu marido havia se tornado um escritor sedutor, as vizinhas acreditavam de corpo e alma em suas palavras. A essa altura eu já tinha compreendido na carne e em alguns ossos a função do narrador não confiável em uma história mal contada.

Foi assim que, de musa postiça, passei a ser vítima. De vítima, tornei-me enferma. Mas a caracterização que melhor me arrebatou para fora daqueles romances de quinta categoria foi a de vilã. E eu iria desenvolver essa personagem com todos os talentos acumulados durante os mal narrados anos ao lado daquele escrevinhador.

Quando chás inocentes não eram mais capazes de apaziguar nem mesmo a minha alma complacente, vali-me dos conhecimentos de Carmencita para melhor elaborar um desfecho para a minha vida.

Primeiro foi um chá de espirradeira. Carmencita me disse que aquelas árvores com florzinhas tão delicadas, em cachos avermelhados, presentes nos canteiros da praça principal da nossa cidade, eram cheias de artimanhas. Toda ela era tóxica, e seus poderes iam de simples dores estomacais a parada cardíaca fulminante. Colhi cachos e cachos de espirradeira para enfeitar a casa, preparando-a para o velório do meu marido. Após uma exaustiva massagem erótica, ofereci-lhe uma xícara e aguardei ansiosa o tal efeito fulminante, que acabou por surtir na forma de arrotos e palpitações provocadas por ereções múltiplas — êxito da massagem, que, para o desfecho da história que eu buscava narrar, acabou virando mesmo apenas um ensaio.

Busquei socorro então no coração-de-jesus, um santo órgão que, vim a saber, ornamentava minha sala com potência destruidora. No entanto, o nome santo foi mais sagaz e protegeu o escrevente que dormia ao meu lado, deixando para mim os inchaços nos olhos, agravados pelo ciúme da vez.

Carmencita já havia alcançado resultados excelentes com a saia-branca. Aconselhou-me a me apresentar, também eu, com uma saia branca rodada e a envolver meu marido em um conto de mulher inocente, perdida no bosque, em busca de um homem que a salvasse. Quando ele estivesse embalado nos meus devaneios líricos, eu deveria cobrir meus cabelos de flores brancas e pedir que aspirasse o aroma e beijasse minhas mechas, sorvendo suas substâncias poderosas, que lhe trariam problemas neurológicos imediatos e uma deliciosa morte por sufocamento. No entanto, o único problema neurológico sofrido pelo meu marido foram as derrapadas que ele começou a dar quando forçosamente me levava até o centro da sala para dançar boleros cafonas.

Desesperada, resolvi empregar um último golpe para assim criar a minha versão do final dessa história. Foi em uma noite em que meu marido retornou à casa após uma de suas pesquisas de campo para seus romances. Preparei com as folhas e a raiz de comigo-ninguém-pode o sempre tão aguardado e diversificado chazinho calmante noturno e fiz um jantar especial com seu prato preferido: bife à milanesa com purê de batata. Arrumei com capricho uma mesa com candelabros, pratos, taças e talheres de prata que haviam sido da minha sogra e um vaso de jasmim-estrela, presente de Carmencita. Salpiquei pela casa um perfume sensual, para despertar a libido de um homem que já chegava usado. E coloquei na vitrola um bolero brega, bem ao gosto de seu espírito romântico latino. Vesti uma camisola vermelha decotada na frente e atrás, meias finas, cinta-liga, luvas, salto alto, o colar de pérolas, sua obsessão desde jovem, e o aguardei, maquiada e perfumada, encostada no batente do quarto, enquanto ele girava a chave na porta de entrada.

— Surpresa!

O que se passa na cabeça de um escritor de imaginação borbulhante quando ele vê a cena perfeita para o clímax daquela que seria sua obra-prima? Eu só fui saber no momento em que as linhas começaram a ser escritas. Sem hesitar, o fértil da imaginação pegou com brusquidão a xícara que eu lhe oferecia, bebeu o chá relaxante de comigo-ninguém-pode em um único gole, recompôs-se diante da mesa preparada com esmero, apossou-se da faca de prata do faqueiro da mãe adorada e a apontou em minha direção. Atônita, diante dessas linhas muito mal redigidas, tentei editar o texto:

— Você não teria coragem de usar esta cena em seu livro! Estou vestida para doar! Queria ser sua personagem mais arrebatadora nesta noite: sua mulher fatal!

Sem dar ouvidos à minha versão da história, o escrevinhador, esquecido de que deveria ter dado a vez ao personagem do marido apaixonado, encantado com a surpresa em seu adorado lar, cravou a lâmina afiada no decote que eu havia cavoucado até o umbigo assim que ouvira o barulho da chave.

Sem demonstrações de emoção, desabei. De que valia agora ser acometida de qualquer sentimento, quando meu sonho de liberdade feminina acabava de ser abatido por esse personagem mal desenvolvido nessa história?

Em meio aos suspiros enjoados do bolero, tentei arriscar uma súplica derradeira, enquanto meu marido, fugindo da cena que acabara de criar, destruía o jardim com a faca, acompanhado pelo olhar jubiloso de um cachorro que nunca perde nenhum capítulo do drama humano. E foi assim que, naquele momento fatídico, para meu grande espanto, descobri que não haveria mais espaço para dramas românticos no universo criativo do meu escrevinhador. Aquele romancista de bolero acabara de descobrir — segurando a faca de prata da mãe adorada — que era, na verdade, um excelente escritor de romances policiais.

Vingativa, gritei:

— Ainda estou viva!

Ele respondeu, criativo:

— Não! Yasmin é morta!

Diante do cão suspeito e das flores do jardim, golpeadas, assim como eu, à faca com violência, esse escritor, assumindo seu talento para um gênero literário recém-descoberto, desferiu, por engano, um golpe em seu pescoço, caindo por terra, desfalecido, o novo autor de romances policiais. Um descuido de verossimilhança!

. . .

Pedi à Carmencita que psicografasse minha versão da história que compartilhamos desde o início, para que todos tivessem conhecimento do meu ponto de vista de narradora confiável. Ela que, após minha morte, também me deu a versão dos últimos momentos do meu marido, disse que o pobre do homem foi hospitalizado, vindo a falecer não em decorrência de um fim confuso de romance policial muito mal escrito, mas graças ao poder devastador das plantas, que, por acúmulo de veneno nas artérias, obstruiu as vias aéreas superiores. Um castigo para todos da cidade, que, após o sucesso da sua morte trágica, começaram a se envenenar ainda mais com seus romances infames.

Carmencita, que, ao longo de sua bem-sucedida carreira de bruja, havia depositado grandes esperanças no comércio de comigo-ninguém-pode, propagando a eficiência do uso da planta contra homens indóceis, viu suas vendas se multiplicarem. O assassinato, redigido na sala da minha casa, fez todas as mulheres sagazes ficarem enlouquecidas pelos poderes da planta contra maridos rebeldes.

Dias depois, ela me revelou que a menina-pomba era fruto de uma das experiências de campo do meu marido em sua floricultura. Após a morte do escrevinhador alucinado, a menina começou a apresentar descontentamento com relação às linhas dedicadas à sua história. Repudiando a personagem que a obrigavam a personificar naquela casa de feiticeira, começou a se comportar como uma pomba. Ia à praça e falava com as aves. Voltava para casa arrulhando, alimentando-se apenas com migalhas de pão, e nunca tirava o vestido branco, nem mesmo para tomar banho. No dia em que Adelita voou bem no meio da praça, Carmencita entendeu que era hora de colocar a filha em uma gaiola e despachá-la para longe, a fim de ser criada pelo avô, aquele lunático reformado do exército.

IV

corpos que se cruzam

Jackson e Paloma tiveram um encontro que mudou por completo o rumo para o qual a vida os conduzia até então.

Apenas o corpo de Jackson vinha da periferia, cumprindo o trajeto rotineiro de um motorista de ônibus. Da Igreja do Salvador Divino, ele trazia a alma ungida; o Espírito Santo havia descido sobre ele como maná no deserto, na noite anterior. Sentia-se salvo de toda sua promiscuidade de homem mulherengo, depravado, que havia profanado as inúmeras mulheres que cruzaram seu passado, mas que agora, liberto de todos os pecados, poderia viver a vida plena e vitoriosa vislumbrada por Deus. Foi isso que o pastor lhe revelou, com palavras inspiradas pelo Espírito Santo. Havia encontrado naquele fiel exaltado à sua frente — corpo ereto, olhos acusadores, braços levantados e voz potente — um canal perfeito para que a graça chegasse e Jackson pudesse realizar, também ele, grandes transformações na vida de outras pessoas. Acertou uma quantia com o pastor pelo serviço prestado e a primeira parcela de uma encomenda feita ao Pai doador de riquezas, sucessos e bens inimagináveis: que lhe fosse despachada do céu uma noiva divina para ser a mãe da numerosa família que desejava construir na face da terra. Na porta, deixou o dízimo com a promessa de que voltaria com uma quantia maior caso o valor não fosse suficiente para que a graça operasse maravilhas ainda mais abundantes em sua vida e — naturalmente — na vida da prometida que cruzaria seu caminho.

Já Paloma, coitada, vinha de uma infância difícil com Deus e com os humanos. Traumatizada pelo abandono do pai, a indiferença da mãe e as marcas de um homem violento por quem se apaixonara no Bahrein, trouxera do deserto, em carne e osso, as lembranças de um poeta que conhecera durante sua fuga e que plantara em seu ventre uma poesia em forma de filha. O único desejo de Paloma era que Sylvinha P. fosse mais do que uma filha. Ela queria fazer da menina a sua salvadora. Mas todos os dias era a mãe quem buscava salvar a filha da alma em ebulição que habitava seu corpo adolescente e dos versos frenéticos escritos nas margens dos livros de poesia na biblioteca da escola ou sentada nos bancos da praça, cercada de pombas. Havia dias Sylvinha deixara de se alimentar; sentia-se saciada dos versos que produzia. Quando ela começou a escrever poemas sobre uma Árvore da Vida plantada no vazio da vastidão do deserto e um céu com estrelas dançantes, Paloma concluiu que já era mais do que urgente levar a filha a um psicólogo.

Naquela manhã, cada mulher que entrava no ônibus era criteriosamente avaliada por Jackson. Algumas pareciam casadas demais. Outras, casadas de menos. Umas tantas e quantas, altas, baixas, gordas, magras… Ser gostosa, no entanto, não era mais um critério a ser considerado. O homem que Deus havia reformado com a imposição das mãos do pastor evitava agora, com muito esforço, concentrar-se em bundas — ou melhor, nádegas —, já que essa região do corpo feminino passara a ser o templo do demônio. Olhava para a porta de entrada sempre que ela se abria, em busca de reconhecer a eleita de Deus, e evitava encarar pelo retrovisor a fila de mulheres que adentravam o ônibus. Em um passe de mágica, havia renascido sem pecados, ao ser batizado na igreja. Mas não podia vacilar. O pastor lhe dissera que aquele fenômeno não era uma mágica, mas um milagre, e milagres aconteciam na vida de homens santos, enquanto mágicas eram realizadas por charlatões e falsos profetas. Jackson compreendeu que tinha muito que aprender ainda para que seu espírito se adequasse à sua nova vida de homem renovado.

— Você quer falar sobre algo em especial?

— Minha mãe disse para eu falar sobre a minha magreza.

— Você se acha magra?

— Só quando eu vejo as magras.

— E quando você se olha no espelho?

— Eu me vejo.

— Sei. E o que mais você vê?

— Como assim?

— …

— …

— Suas amigas são magras?

— Hum… só as magras.

— Entendo… Bom… então… quer falar alguma coisa sobre você?

— Não, obrigada. E você?

— O que você quer saber?

— Huuummm… Tá tudo bem na escola. Obrigada.

— O quê?

— Desculpa.

— Não precisa se desculpar.

— Desculpa.

— Bom… você teve algum sonho que gostaria de contar hoje?

— Sério?

— Pode ser sério.

— Ou engraçado?

— Tanto faz.

— Não. Não sonhei nada assim…

— Quem sabe você queira falar sobre algum sonho, ou melhor, algum plano para o futuro?…

— Faltam cinquenta minutos para eu ir embora…

— …

— …

— Quer dizer… algum plano para um futuro mais distante…

— Tipo faculdade?

— Pode ser.

— Quero só escrever poesias.

— Puxa!!! Por quê?!!

— Para ficar desempregada?

— …

— …

— …

— …

— Bom. Terminamos por hoje.

— Ok.

— Vejo você semana que vem?

— Só se você precisar.

Finalmente Jackson viu uma mulher bonita entrar no ônibus. Era alta, esbelta, bem-vestida. Muita areia para o seu caminhão. O moço, no entanto, lembrou-se do espírito divino, capaz de transportá-lo aos céus — isso, por si só, era caminhão suficiente para uma mulher bonita e bem-servida. Esse mesmo espírito travou uma batalha demoníaca contra a tentação de encarar o traseiro, não, as nádegas da mulher que acabara de passar por ele. Descartou piedoso as nádegas protuberantes. Mulher assim não era adequada para a igreja, concluiu.

Paloma sempre teve familiaridade com a beleza — a própria e a criada pelos artistas. Nunca foi obcecada pela sua aparência, até porque não precisava. Com naturalidade, os traços delicados, mas marcantes, os cabelos longos com cachos bem distribuídos e o corpo bem-talhado adaptavam-se com primor à passagem do tempo. A única coisa que a atormentava era o pé direito torto, mas ela havia deixado de lhe dar importância. A gravidez trouxe-lhe um vigor nunca sentido e, para voltar à forma, dedicava-se esporadicamente a alguns exercícios físicos. A pintura, no entanto, era a prática que realmente tomava conta dos seus pensamentos e dias. Desde que retornara do deserto com a barriga despontando e se mudara para o país onde sua mãe havia nascido de uma feiticeira local, Paloma reservara, na casa em que a mãe passara o início da infância, um espaço arejado e iluminado para acomodar telas, pincéis e tintas, que foram empilhados sobre camadas e camadas de jornal amarelecido. Em uma das investidas ao porão, resolveu transformá-lo em seu ateliê e deixou escondida, atrás de um antigo armário de imbuia, a tela com a pintura da Árvore da Vida, plantada no mesmo deserto que ela havia percorrido anos atrás e o único pertence que arrastara da casa da mãe até suas paragens. Desde a primeira vez que vira essa pintura, sentira que, por meio dela, havia conseguido tocar o mistério. Mas com a vida atribulada, ligada à sobrevivência e às inúmeras preocupações com a filha, não encontrava mais tempo nem sentido para realizar investigações. Finalmente compreendera. Aceitar a natureza do mistério é aceitar o seu domínio. A tela evidenciava um pintor em busca da revelação do mistério. E Paloma buscou se livrar do seu domínio escondendo a tela de volta atrás do armário.

Jackson não se interessava por mistérios — muito menos por mulheres misteriosas. Quando criança, ficava ansioso diante dos truques e segredos dos mágicos nos circos montados no terreno ao lado de sua casa. Por isso, na noite anterior, sentira-se reconfortado quando o pastor dissera que Deus não faz mágica, mas opera milagres — o que era algo concreto, que ele podia ver, como o coxo que largara a muleta no chão, na frente de todos, durante o culto, e começara a dar pulos e a oferecer glórias a Deus. Sabia que ele também havia sido salvo e, graças a um milagre, veria a obra de Deus manifestando-se em sua vida, de forma concreta e real, quando encontrasse a mulher que mudaria por completo seu destino. Por enquanto, Jackson seguia ligado ao destino do ônibus que conduzia pelas ruas de bairros diferentes, virava à direita, à esquerda, parava obediente nos faróis, sempre aguardando alguma mulher que passasse à sua frente e pudesse ser o seu milagre. Desistira das que entravam e saíam do ônibus cheias de sacolas e filhos barulhentos, resolvera virar seu radar para as que caminhavam na calçada.

Distante da tela, Paloma contava as horas na sala de espera do consultório do psicólogo, enquanto aguardava a filha. Trinta minutos para chegar aqui, vinte e oito minutos de atraso, uma hora de consulta e mais trinta minutos para voltar para casa. A única coisa a fazer era ler os poemas escritos pela filha no bloco esquecido sobre a cadeira ao lado. Desde que tentara se desvencilhar da *Tela estrelada*, passara a perceber a obsessão de Sylvinha pelo deserto. Temia que também a menina, um dia, saísse de casa em busca de um pintor, de um poeta, de um pai que a criasse verdadeiramente, de uma explicação que a explicasse. Não conseguia deixar de sofrer pela filha. O caminho distante de casa não contém a beleza que se vislumbra. O mundo é vasto e sombrio, talhado para o sofrimento, e Sylvinha, apenas uma habitante de um universo ainda não criado. O medo está no desconhecido. Medo do medo, porque é nesse sentimento que a alma se desvanece. Lá fora, o horror. Ela, como mãe, desejava somente que a filha descobrisse pequenas dores dentro de si em um consultório de psicologia, em vez dos grandes sofrimentos que perambulavam soltos em busca de seres frágeis. O tempo, esse sim um ser misterioso, atropelava todos naquela sala de espera. Paloma não conseguia se concentrar na poesia da filha. Queria tanto compreender melhor de que matéria a menina era feita... Mas Sylvinha, assim como o pai-poeta e o avô-pintor, divagava por um deserto inalcançável, onde sempre se deparava com a poesia que o pai havia deixado nas areias do Bahrein.

Uma árvore dançante rodopiando pela pintura
desperta estrelas mortas e cadentes
e embaralha a ordem do universo.
Na vastidão do deserto,
o sonho do artista transborda da moldura,
pincela, para além da solidão, fontes de água fresca,

que preenchem o vazio ao redor da Árvore da Vida,
enraizada nas areias do Éden,
orvalhadas de pó de estrelas,
no meio do deserto do Bahrein.

O sinal estava quebrado, e Jackson demorou mais do que o previsto para conseguir atravessar a avenida. Virou à esquerda e se distraiu com uma loira brigando com o namorado. Aquelazinha não servia.

Na saída do consultório do psicólogo, a menina lembrou que havia esquecido o bloco de poesias em cima da cadeira. Entrou correndo, enquanto a mãe gritava: "Tá na minha bolsa."

Jackson torceu o volante para pegar a pista à direita, e o ônibus obedeceu ao seu comando. Ele seria como esse volante nas mãos de Deus. Havia entregado sua vida ao Pai e tinha confiança no que o pastor dissera sobre as bênçãos e mudanças que encontraria em seu caminho.

Sylvinha voltou enraivecida com a mãe, que havia roubado seu bloco para invadir suas poesias. Discutiu com ela. A mãe era uma pintora frustrada, que passava o dia no porão da casa, sem nada produzir em seu ateliê. Ela nunca seria uma artista de verdade. Jamais! Para todo o sempre!

Jackson viu ao longe uma mulher com o pé direito meio torto, mancando em direção ao ponto, cabisbaixa, recebendo reprimendas de uma pirralha. A mulher parecia sofrida em sua postura encantadora de submissão, característica adequada para uma serva de Deus. Acelerou.

Paloma pegou a mão esquerda da filha para prosseguirem até o ponto um pouco mais à frente do consultório. O ônibus vinha rápido. "CORRE!"

Jackson ficou ansioso ao perceber que aquela mulher, sua eleita ao longo de todo o trajeto matutino, iria entrar no ônibus.

Paloma e Sylvinha pararam, afobadas, aborrecidas, ingênuas, no ponto.

Alguns poucos segundos e Jackson teria o grande encontro de sua vida.

Paloma equilibrou-se no meio-fio, debruçou a cabeça e esticou o braço esquerdo, fazendo sinal para o ônibus.

Jackson aproximou-se, reduzindo um pouco a velocidade.

Um cheiro forte vindo da direita fez Paloma virar a cabeça e se distrair com um filhote de cachorro que lhe deu um sorriso tentador ao atravessar a rua em meio ao trânsito daquela avenida tumultuada.

Jackson ergueu os olhos e também viu o filhote com um sorriso debochado na cara.

Paloma percebeu uma freada brusca próximo ao ponto.

Jackson atrapalhou-se com os pedais do ônibus e, ansioso, soltou o freio, prosseguindo acelerado por mais alguns metros.

Paloma dobrou um pouco mais o corpo e virou a cabeça para o lado em que vinha o ônibus.

Um segundo.

Um segundo!

Com a mão presa aos dedos da mãe, Sylvia P. soube que sua cabeça também rolaria por anos e anos em busca de um corpo estável que a amparasse.

Assim seja!

Amém!

almas que se descruzam

Na manhã de ontem, um grave acidente ocorreu no centro da cidade, quando uma mãe, segurando a mão da filha adolescente, foi atingida brutalmente na cabeça por um ônibus que se aproximava, em alta velocidade, do ponto em que estavam paradas. Devido ao choque violento, a mulher foi decapitada. A cena causou vários transtornos e colisões próximos ao acidente. A polícia civil, acionada para acompanhar o desenrolar da tragédia, estima que a cabeça tenha caído no bueiro e se perdido no subsolo, pelas redes de encanamento da cidade. A filha, alucinada, segurando a mão direita da mãe, presa ao corpo decapitado, foi encaminhada à Clínica Psiquiátrica do Bom Pastor, onde recebe tratamento adequado.

Meu Deus! Sou novamente um pecador? E a vida nova que o Senhor me prometeu, livre dos males passados? Era esta a promessa que o pastor disse que o Senhor tinha reservado para mim? Como poderei passar meus dias atormentado pela vida que atropelei? Por que fui cobiçar aquela mulher? O Senhor me puniu por mais esse pecado? Vou ter que carregar esse corpo de mulher morta para sempre? Um corpo incapaz de me oferecer prazer, um corpo que não me dará a família santa que me foi anunciada na igreja? Nunca vou conseguir deixar de ser um homem que faz mal ao gênero feminino. Cheguei agora ao ponto de ser um assassino de mulheres. Se antes eu as vitimizava com meu desejo, hoje sou vítima desta predestinação.

Irmãos, oremos pela família do nosso irmão Jackson, que desde o acidente não recebe notícias de seu paradeiro. Que nosso irmão, que havia entregado a vida a Jesus, possa encontrar paz para sua alma. Que ele não se sinta tentado por Satanás, esse forjador dos planos divinos, culpado dos males da humanidade. Que nosso irmão não se perca na escuridão, mas possa encontrar alimento sagrado que sustente seus dias.

Senhor, caso ele esteja vagando pelo deserto, que Tu possas prover o maná dos céus. Permite-lhe encontrar a Árvore da Vida, para em sua sombra repousar todos os seus tormentos. Que a presença dessa árvore, com galhos dançantes tocando as estrelas do céu, possa também tocá-lo e trazê-lo de volta à vida junto da sua família. Senhor, faz com que esse nosso irmão, que cometeu uma infração de trânsito devido ao desejo que o dominava, seja salvo das garras do Teu inimigo.

Esta é a verdade, irmãos!
Este é o milagre, irmãs!
Louvado seja!

Ah! E, Senhor, se porventura o destino do irmão for perder-se no deserto da noite escura da alma, que Tu tenhas misericórdia. Que, em seu inferno, o irmão possa encontrar a grandeza para pagar pelos pecados cometidos, purgar suas culpas, se humilhar e ser punido por qualquer tentação. Que Tua vara corretiva o ensine a melhor conduzir os rumos da sua vida, poupando assim a vida de inocentes!

Oremos!
Assim seja!
Amém!

São várias as versões para a existência de uma mulher que passou anos tentando recuperar a cabeça da mãe que rolara após sua consulta com um psicólogo na adolescência.

Nunca soube o que fazer com o corpo que havia ficado preso à sua mão. Jamais teria uma cabeça que pudesse ser alojada de forma íntegra sobre o pescoço. Ela permaneceria rolando vida afora. Vida adentro.

— Doutor, finalmente, após tanto tempo, o sanatório se vê livre daquela desmiolada da Sylvia P. Ninguém sabia mais o que fazer com ela. Todos os dias, logo pela manhã, ela acordava apavorada e saía em disparada pelos corredores da clínica atrás de algo que ninguém entendia o que era. Passava o dia agitada, com a mão esquerda para o alto, como se o braço pudesse levantá-la para um voo, e gritando "Solta! Solta!". Não conversava com ninguém. Não comia. Parecia não enxergar ou respirar. Além de correr, a única coisa que ela fazia, quando o cansaço a derrotava, era escrever. Escrevia sem parar. Uma vez, tentei roubar o bloco em que rabiscava suas poesias, mas ela o arrancou das minhas mãos antes que eu pudesse dar uma bisbilhotada. Quando perguntei sobre o que ela escrevia, rabiscou em um pedaço de papel: *Escrevo versos para um poeta.* A gente se cansa desses malucos depois de tanto tempo tratando deles. Cada um que sai é um alívio. Só espero que o mundo melhore, para que os meus dias de enfermeira de gente perturbada sejam mais tranquilos até a aposentadoria. Registro aqui, para seu conhecimento, que ela não levou os medicamentos que o senhor prescreveu. Só estou avisando porque muito provavelmente vai acabar retornando, e, se isso acontecer, gostaria que o senhor me transferisse para outra ala. Desculpe o desabafo!

Querido bloco,

Após todos estes anos, desde que saí daquela clínica de loucos, sinto-me, pela primeira vez, melhor e tento criar coragem para abrir suas páginas manchadas de sangue. Mas hoje precisava falar com alguém, por isso resolvi tirar você do fundo da gaveta.

Conheci na biblioteca um homem muito gentil, que, na saída, tentou puxar conversa comigo. Não consegui escapar do seu sorriso e, com muito medo, aceitei o convite para um café. Depois de tanto tempo calada e retraída, pude perceber que eu ainda tinha uma cabeça com uma boca quando me assustei ao dizer *tudo bem*. Foi bastante difícil para mim pronunciar outras frases após essa. A minha sorte é que ele parecia ser muito descontraído e contou com entusiasmo sobre a sua infância tranquila em uma cidade do interior, atravessada por um rio que inspirou sua formação acadêmica, sobre os pais, que se esforçaram muito para que ele se tornasse professor universitário, e sobre o trabalho que acabara de aceitar em uma universidade de renome. Com exceção da parte da infância e dos pais, a menção de uma vida mergulhada em rios não me interessou. Vivi anos lutando contra os mergulhos no inconsciente forçados por diversos terapeutas, enquanto tentavam me tratar, e ser induzida a um mergulho na vida daquele homem também não estava em meus planos. Queria apenas saber de poesia. Quando ele me perguntou o que eu fazia, consegui responder *escrevo versos*. Ele me disse que sua irmã havia sido uma estudiosa de literatura inglesa e que ele passara a juventude escutando poesias lindas e complexas das autoras britânicas que ela lia. Contou-me que a literatura inglesa tinha muitas escritoras densas, profundas... atormentadas... suicidas... e prometeu me emprestar alguns livros que selecionaria de sua biblioteca particular. Quer dizer então que terei que encontrá-lo novamente? Estou apavorada!

Preciso tirar minha mente do bueiro em que ela entrou. Meus pensamentos e perguntas obsessivas ficam perdidos nos encanamentos sujos, sem que eu possa compreender a função do acaso. As sessões de psicanálise nunca responderam por que aquele filhote de cachorro foi atrair a atenção da minha mãe bem na hora em que o ônibus se aproximava do ponto. Um minuto a mais... um minuto a menos... Pensei que a poesia pudesse me salvar. Mas não...

Hoje entrei, pela primeira vez, no ateliê da minha mãe e encontrei um quadro escondido atrás do armário. Ele tinha a imagem de um deserto à noite, coberto de estrelas, tocadas por uma grande Árvore da Vida ao centro. Imagem incrivelmente familiar na minha poesia. Fiquei horas hipnotizada por aquela pintura, com os pensamentos flutuando pelos canos da minha mente, mergulhando no mistério. As estrelas rodopiantes eram cabeças que rolavam enlouquecidas, caíam sobre a copa da Árvore da Vida e não se encaixavam. Pincéis frenéticos eram lançados em minha direção, e eu achei que pudesse pintar uma nova versão da imagem à minha frente. Mas nada sei de pincel, tinta e telas. Depois, do nada, surgiu uma paleta, e um dos pincéis começou a molhar suas cerdas nela e a pintar sobre a imagem da árvore o corpo de uma mulher. Começou pelas raízes, que foram transformadas em pernas. O tronco recebeu o contorno do torso, e os galhos, a forma dos braços. Quando a ponta do galho direito agarrou a minha mão esquerda, soube que aquela mulher-árvore jamais teria uma cabeça pintada.

Saí correndo, mas me esqueci de trancar a porta. Passei horas escrevendo versos nas paredes, fazendo bolos nas mãos com fios de cabelo arrancados da cabeça, jogando bolinha de gude no ralo do banheiro, vagando pelos corredores da casa, desviando-me da entrada do ateliê, evitando chegar até ele para fechar a porta. Quando a exaustão bateu, joguei-me no sofá, só despertei com o telefone tocando e meu amigo me dizendo que já tinha selecionado os livros para me dar.

E agora?

— Bom dia, doutor!

— Boa tarde! Sobre o que você gostaria de conversar?

Tá de brincadeira! Como posso combinar frases se a minha cabeça só gira?

— Você tem tido algum sonho?

Dormir e ver o corpo da minha mãe aparecer, com a mão agarrada à minha, apertando os meus dedos e elevando a minha mão em direção ao seu pescoço, como se cobrasse pela cabeça perdida, entraria na classificação de sonhos que demandam interpretação?

— Poderíamos falar da experiência trágica que você viveu… Do trauma que ela causou?

Acho que o senhor não gostaria de entrar nesses atalhos da minha mente.

— O que você tem feito?

Tenho produzido pesadelos.

— Você teria alguma pergunta para me fazer?

POR QUE AQUELE FILHOTE DE CACHORRO FOI ATRAIR A ATENÇÃO DA MINHA MÃE???

Não há Árvores da Vida.
Há vida sem árvores.
Árvores sem galhos.
Corpos sem cabeça.
E há o deserto
com cabeças rodopiantes em forma de estrelas
penduradas no céu.
Não há maná.
Deus não mais alimenta suas criaturas.
Ele dorme
enquanto sacio minha fome com areia e pó de estrelas.

LAUDO MÉDICO PSIQUIÁTRICO

A paciente Sylvia P., 31 anos, casada, mãe de um bebê de 3 meses e de uma menina de 2 anos, encontra-se novamente em tratamento na Clínica Psiquiátrica do Bom Pastor, após dez anos de afastamento, durante os quais buscou reconstruir sua vida, marcada pelo trauma da morte da mãe, atropelada por um ônibus na sua frente, tendo a cabeça arrancada devido à violência da batida. À época, Sylvia P., com 12 anos, foi socorrida, tratada e acompanhada pelo psiquiatra Dr. Hugo Jungmann.

A paciente tem frequentado as consultas psiquiátricas e encontra-se em adaptação medicamentosa a ser relatada posteriormente, devendo permanecer, por prazo indeterminado, na clínica para ser acompanhada com análises comportamentais e psiquiátricas pelos Serviços de Psicologia (psicoterapia) e Psiquiatria (medicação). Sylvia P. tem demonstrado resistência a tomar a medicação prescrita por seu médico, recusando-a com violência.

Observação: A referida paciente teve sua internação acompanhada e autorizada pelo marido, em razão do estado psicótico em que se encontrava.

Querido bloco,

Desejo sair da vida do meu marido para libertá-lo do fardo que sou para ele. Rezo a algum pintor que possa corrigir essa tela borrada que se tornou a minha vida. A algum poeta que traga beleza aos versos enigmáticos que se tornaram meus dias.

Para o Dr. Jungmann, eu sou uma Paciente, um Perigo Para Mim Própria.

Para o meu marido, eu sou Sylvia P. Sylvia Poeta.

Só para ele!

Meu Marido Paciente!

Sinto que não suporto mais caminhar pela vida sem uma cabeça que tenha uma mente capaz de iluminar meus passos. Não posso continuar trazendo meus tormentos para seus dias e para a vida dos nossos filhos, que mal começam a entender quem somos e em quem podemos transformá-los. Desde que encontrei a *Tela estrelada* no ateliê da minha mãe, sou acometida por pesadelos noturnos e, quando não estou dormindo, tenho medo de olhar para o céu à noite, porque vejo cabeças plantadas no lugar das estrelas. Nesses momentos, a artrite na minha mão esquerda provoca dores horríveis, que vão se alastrando pelo braço, para os demais membros, por todos os meus órgãos, carregando o horror com o sangue que circula pelas minhas artérias — esse encanamento subterrâneo confuso e sombrio que percorre todo o meu corpo até a cabeça, contaminando minhas lembranças e pensamentos, afetando nossa vida em comum.

Você tem batalhado muito entre as demandas da escola. Já é o sexto emprego que começa por minha causa, e as noites maldormidas, ora pelos meus surtos, ora pelo choro das crianças, têm te deixado absurdamente esgotado. Não posso continuar trazendo tamanho peso para os seus dias. Dias que você sonha possam ser tranquilos, já que se esforça tanto para me oferecer um pouco da sua sanidade.

Quando você invadiu minha vida, trouxe de volta a poesia às minhas páginas. Você tem sido cada verso que escrevo. Cada sorriso que dou. Cada palavra que consigo pronunciar. Você é a única pessoa que poderia me libertar dessas barras que me aprisionam. Antes que a nossa história se torne um drama pautado pelo sofrimento, quero me despedir e deixar-lhe o que há de melhor em mim, minha poesia, e confiar-lhe nossos filhos, os versos mais elaborados que consegui escrever em minha vida.

Sou em você o que não consegui ser em mim.
Sua respiração liberta minhas mãos.
Seu sopro me alerta:
meus dedos foram feitos para tecer versos,
traçar contornos de cores vivas,
mas minhas memórias entregam
— tudo é deserto,
vazio e solidão.
A Árvore da Vida secou no paraíso.
Deus não desperta
para finalizar sua obra.
Não posso mais esperar.

V

o sofredor

Meus anos com Sylvia nem sempre foram sombrios. Essa mulher enigmática, encantadora entrou na minha vida por uma porta iluminada. Havia algo de muito pulsante dentro dela, uma beleza dolorida que me lembrava as poetas e autoras inglesas densas que minha irmã me apresentava à noite, quando discorria sobre sua dissertação. Sempre que eu lia poesias ou romances indicados por ela, vinha-me a imagem de um rio que passava em frente à casa no sítio em que a nossa família morava. Entre as margens e na superfície, o rio parecia sereno. Suscetível ao vento ou às tempestades, mas sempre retornando ao seu estado rotineiro. Às vezes, quando mergulhava em suas águas, tentava alcançar o fundo, o que nem sempre era possível. Surpreendia-me com a existência agitada nas profundezas do rio e, embora soubesse que havia uma vida orgânica sob aquelas águas, nunca trouxe grandes descobertas dos meus mergulhos. Também nunca tive curiosidade de buscar a nascente, com água brotando do subterrâneo, nem naveguei até a foz para saber onde toda aquela matéria líquida e biológica desaguava. Esses dois pontos habitavam o campo do mistério em minha mente de menino, e só fui buscar saber mais sobre eles quando comecei a estudar hidrografia na faculdade. Descobri, ao longo do curso, que os mistérios são calculados e podem ser categorizados. Eles têm propriedades físicas e químicas, movimento, cor, temperatura, transparência, volume. Nascente e foz perderam, assim, magia para ganhar função e propriedade. Esse foi o início do meu despertar para a realidade do mundo. O afluente que eu me sentia na infância foi, aos poucos, tornando-se caudaloso com todo o conhecimento acadêmico adquirido na faculdade. Havia me tornado um rio abundante, que agora poderia servir de sustento para os meus velhos.

Minha irmã nunca gostou de água, mas tinha fascinação pelo ar. Quando criança, falava em ser astronauta. Na adolescência, aeromoça. Reduziu suas aspirações profissionais espaciais a práticas esportivas. A partir da juventude, além de se dedicar às escritoras inglesas na faculdade, passou a se entregar de corpo e alma aos esportes radicais que a suspendiam no ar. Fez cursos de paraquedismo; viajou a países distantes para praticar bungee jumping de modos sempre mais desafiadores, em vales, penhascos, prédios e pontes; trabalhou como balonista nas férias; aventurou-se pelo cave jump, até arriscar-se fatalmente no voo livre, para viver o sonho de se sentir uma ave. Assim ela voou em liberdade por exatos treze minutos, antes de desaguar suicida na foz de um rio, habitat que sempre evitou em vida.

Seis meses depois, comecei a sentir uma falta gigantesca daquela irmã-pássaro, desapegada da vida que travávamos em terra ou na água. Por impulso, distante do meu cotidiano agitado em meio a pesquisas e teses acadêmicas, entrei em uma biblioteca para pegar um livro esgotado, que ela tanto apreciava. Foi quando vi Sylvia pela primeira vez, compenetrada, lendo com a testa franzida, percorrendo com os olhos certas páginas do livro, ou erguendo-os, perdidos e desorientados, na sala da biblioteca. Passei um bom tempo examinando aquela mulher, sem conseguir me concentrar no livro que eu fora buscar. Quando Sylvia me notou, muito provavelmente em razão da fixação do meu olhar em sua figura, joguei-me caudaloso nas águas contidas daquela mulher, águas nocivas, vim a saber mais tarde, mas que, nos dias seguintes, me conduziram a mergulhos profundos em versos que ela me recitava e que me revelavam um terreno que eu ainda não havia explorado. Deserto, dança das estrelas, Árvore da Vida, tudo isso me falava de algo desconhecido até então — abundante sim, fascinante sim, mas misterioso —, a tal ponto que, embriagado de fantasia, fui me afundando, sem encontrar um solo para apoiar os pés.

Casamos. Eu, cego. Ela, dopada. Tentei por anos sobreviver ao dilúvio que invadia os corredores da nossa casa, que penetrava pelas tábuas do piso e rachaduras das paredes. Um transbordamento de água que deveria matar minha sede, mas me sugava com goles grandes que chegavam a engasgar. Me desintegrava com ela. A poesia era nossa única salvação. Líamos vorazes seus versos e todos os poetas que encontrávamos nas bibliotecas que percorríamos juntos, sempre que eu forçava alguma folga em meu dia atribulado. O trabalho tornara-se apenas um alicerce necessário para manter as inúmeras internações da minha mulher.

Tempos depois, em um raro momento de magia, Sylvia me contou que estava grávida. O nascimento do nosso primeiro filho foi tratado com cautela, mas com a expectativa de que o cuidado de um filho pudesse trazer à minha mulher o resgate da criança que ficara perdida em sua infância. O médico havia mencionado que, em muitos casos, o processo de cuidar de uma nova vida permite que ela, sem o saber, também cuide das feridas do pai e da mãe. Sylvia passou a tratar desse tema muitas vezes nas poesias que escrevia durante a gestação, e eu via, aliviado, um sonho materno surgir na alma daquela mulher tão medicada e atormentada. O que eu não podia imaginar era que o fato de termos tido uma menina surtiria em Sylvia o efeito contrário. Assim que a criança deu seus primeiros gritos, Sylvia sentou-se na cama e, apavorada, pediu para ver se a filha havia nascido com cabeça. Histérica com os berros da menina, apalpava desesperada o pescoço do bebê, perguntando: "Cadê a cabeça? Cadê a cabeça?" A criança foi levada para casa aos prantos e chorou sem parar durante dias e noites, porque a mãe não oferecia o peito a um corpo sem cabeça. A cada choro, frases desconexas de Sylvia suplantavam o berreiro na casa. As madrugadas eram infernais, e tive que internar Sylvia inúmeras vezes. Ela voltava cada vez mais dopada, demonstrando ansiedade em acariciar a cabeça da menina, negando o peito à boca daquela criança que jamais silenciava. Sylvia era puro arrependimento e culpa. Chorava e dizia que queria ser uma mãe melhor. Pedia-me outra chance. Suplicava por mais um filho.

O menino nasceu quase dois anos depois e, no lugar da histeria, instalou-se a indiferença. Sylvia fora sedada no parto e parecia não conseguir mais sair desse estado de inércia. Passava os dias instalada na poltrona da sala, olhando um quadro que encontrara no ateliê da mãe. Eu, que um dia havia amado seus versos sobre o deserto, não suportava aquela imagem de estrelas enlouquecidas no céu, aquela árvore plantada em areia. Que fonte de água a abastecia? Que absurdo seria eu obrigado, mais uma vez, a enfrentar naquela casa? Enquanto Sylvia também lutava contra seus próprios absurdos em forma de pesadelos noturnos, eu travava de um pesadelo particular, trocando de emprego, correndo de um berço a outro por madrugadas seguidas. De manhã, buscava hidratar meu raciocínio durante as aulas que havia passado a dar em escolas públicas, depois que fora despedido de inúmeras oportunidades para acudir Sylvia e as crianças.

Foi então, com a intenção de fortalecer um possível laço entre minha mulher e nossos filhos, que um dia a levei a um abrigo de animais para adoção. Sylvia passara a infância entre livros e versos e a adolescência em uma clínica psiquiátrica, nunca tivera contato próximo com nenhum filhote. Imaginei que a ausência de afeto no início de sua vida pudesse encontrar alguma cura por meio do amor incondicional que um cachorro oferece. Sylvia sentiu-se atraída por um filhote chamado Tinhoso, semelhante, segundo sua mente obsessiva, ao que ela tinha visto atravessar a rua no dia do acidente. Fiquei preocupado, mas cedi por ter visto nele um reflexo da natureza misteriosa da minha mulher, que, espelhada de forma concreta no cachorro, pudesse, quem sabe, facilitar o processo de cura.

Levamos Tinhoso para casa numa manhã de sábado. As crianças se assustaram muito com aquele capetinha que corria demais pelos corredores, pulava nos sofás e nas camas, sujava o carpete, destruía as almofadas e latia sem parar. Sylvia logo entendeu que Tinhoso, como um dos ingredientes da sua alma, precisaria ser dopado antes de ser apresentado à sociedade. No início, empenhou-se em trabalhar sua personalidade rebelde com algumas doses de calmante, mas era sua própria natureza que se beneficiava do esforço. Com isso, por alguns meses, encontramos certa trégua, ao menos da humana com quem eu e meus filhos compartilhávamos o teto. Tinhoso, com muita dificuldade, começou aos poucos a abandonar seus impulsos de filhote e, conforme se desenvolvia, deixou de nos assustar com sua agitação. Assim como o rio tranquilo desconhece a queda-d'água à sua frente, pressentindo apenas a força da gravidade quando está próximo de despencar, eu me deixei levar por aquela sensação de paz, sem perceber os meandros tortuosos no curso da água.

Ao entardecer, Tinhoso despertava para a vida. Havia adquirido a mania de latir para as pessoas que passavam pelo portão e, como no final da tarde os vizinhos tinham o hábito de levar os cachorros para passear, Tinhoso, que não desfrutava essa regalia, agitava-se e deixava clara a sua revolta, latindo sem parar até a hora do jantar. A cada noite, Sylvia sentava-se à mesa mais irritada. De irritada passou a raivosa. Às dez horas da noite, na hora de colocar as crianças para dormir, era acometida de surtos e assustava nossos filhos quando resolvia conferir se a cabeça de cada um estava sobre o pescoço, ou dizia que as lâmpadas do quarto delas eram cabeças dependuradas. Eu driblava surto e berreiro, mas sentia grande dificuldade de driblar a exaustão. Quando, enfim, filhos e cão estavam derrotados, buscava me entregar a um pouco da beleza que ainda podia existir em meu relacionamento com Sylvia. Puxava minha poltrona para perto da minha mulher e, sentados em frente ao quadro da árvore dançante, líamos as poesias que Sylvia havia tentado escrever ao longo do dia.

Passei a notar que seus versos estavam se tornando mais herméticos e desconexos. Tentava me convencer de que sua poesia estava, na verdade, ficando mais sofisticada e de que eu, perdido em correções de provas medíocres de alunos insuficientes, perdia também a capacidade de me sensibilizar com a beleza que sempre encontrava nos poemas que ela escrevia. Uma noite, ela me entregou para ler sua última produção, uma poesia mórbida que, além de falar do deserto, do vazio e da solidão, apresentava também o ressecamento da Árvore da Vida, aquele único elemento resistente que havia encontrado em sua existência e que a enraizara no solo movediço da nossa sala.

De manhã, antes do café, encontrei uma carta em que Sylvia se despedia da vida — se despedia de mim! Um pressentimento sombrio me acometeu enquanto dirigia para a escola para aplicar as provas finais. Meu chão, meu pouco alicerce, parecia estar sendo arrastado com a correnteza daquela água turbulenta. A vizinha havia sido acionada para me alertar em caso de perigo iminente, e, às 16 horas, a secretária da escola me avisou que eu deveria voltar correndo para casa. Encontrei Tinhoso latindo, exasperado, assustando as crianças, que estavam aos berros, e Sylvia plácida, olhando para a tela tenebrosa com um vidro de calmante vazio tombando de sua mão. Internei minha esposa catatônica na clínica psiquiátrica.

Retornei acelerado para casa. Precisava encontrar meu controle e afastar qualquer escuridão do ambiente doméstico. Na manhã seguinte, teria uma entrevista importante para um cargo em uma universidade renomada. Precisava desesperadamente de um salário melhor para pagar a longa estadia que, imaginei, Sylvia enfrentaria dessa vez. Ao chegar, lutei contra os latidos de Tinhoso, que não cessaram até a hora do jantar. As crianças não apenas choraram a noite inteira como vomitaram e tiveram diarreia. Tinhoso também havia, ao longo da madrugada, borrado os tapetes da casa. Me arrumei apressado e, mal sabendo qual criança vestir primeiro, esquecendo-me de mamadeira, fralda, mochila, água, alojei meus filhos no banco de trás do carro. Tinhoso, impulsivo, acomodou-se no tapete na frente do banco do passageiro. Sem tempo para decidir o que fazer com o cão, dirigi em disparada, com a intenção de levar as crianças ao pediatra.

E foi assim que o destino impôs a sua ordem mais uma vez. No momento em que enfiei a chave na ignição do carro, acabei dando partida na sobrevivência, que soou mais alta que qualquer outra urgência. E, sem me dar conta, fui direto para a universidade, ensaiando as respostas que daria na entrevista. Foi uma conversa longa e agradável, durante a qual meu intelecto, carente de ordem, se exaltava e deixava toda a velha paixão física e química pelas águas falar de seus conhecimentos acumulados, que, para meu espanto, não haviam sido esquecidos nas classes abarrotadas de adolescentes perturbados. Fui apresentado a laboratórios, salas de aula e ao diretor, que se despediu de mim com um aperto de mãos aprovador, o que alertou minha mente sedenta de que meu emprego estava assegurado. Saí em êxtase no final daquela manhã, pensando na nova vida que proporcionaria à minha família. Sonhei com o melhor tratamento que poderia oferecer a Sylvia, com o futuro dos meus filhos; quem sabe eles estudariam na faculdade em que o pai trabalharia.

Era hora do almoço. Tirei do paletó a chave e me aproximei distraído do carro. Para a minha surpresa, encontrei os vidros embaçados, com algumas gotículas de água esparramadas e nuvens de tempestade espelhadas, turvadas. O sol, para se proteger da cena que havia pouco tinha iluminado, se escondera. O destino chegara primeiro, em sua ansiedade de se mostrar superior aos sonhos e anseios humanos. Uma única brecha, um deslize, um regalo desfrutado, e o destino não mostrou hesitação. Pelo vidro, percebi meus filhos tombando das cadeirinhas, encharcados de suor e vômito, com olhos arregalados. Minhas mãos trementes mal encontraram a maçaneta para abrir as comportas que dariam vazão àquele turbilhão de água, que me afogaria entre pedregulhos, curvas sinuosas e meandros de um rio que nunca mais encontraria a foz para desaguar sua dor.

• • •

No banco do motorista, Tinhoso lambia tranquilo as patas. Só abanou, exuberante, o rabo pontudo quando reconheceu o homem que acabara de abrir a porta do carro em que o cão e as crianças deveriam estar brincando, felizes.

o narrador

A história da creação da humanidade foi, sem dúvida alguma, muito mal traduzida. Ela deveria ter passado pelas mãos de um editor experiente, sido revisada profundamente e sofrido alguns cortes antes de ser comercializada com tanta voracidade. Por exemplo, como pode a morte ser resultado da creação? Duas experiências tão antagônicas convivendo próximas, vida e morte servidas em um banquete para a raça humana, que mal começa a degustar a primeira quando a segunda já lhe é apresentada como sobremesa, todos os dias, a todo momento, em qualquer lugar.

Sempre fui um ser que buscou suplantar as experiências humanas para atingir algo que julgasse superior a mim. Logo no início da minha existência, entendi que foi dada aos habitantes da terra a faculdade de sonhar, algo meio desproporcional à capacidade de realizar o que os sonhos sempre despertam. Foram também colocados à disposição dos seres humanos a inteligência e a ignorância, o bom senso e a perdição. Ou seja, o livre-arbítrio para escolher entre os inúmeros matizes presentes como variáveis dessas possibilidades básicas. Bobagem! O ser humano jamais percebeu que o livre-arbítrio é uma grande cilada. A dificuldade da escolha, o arrependimento do "e se" são apenas alguns embustes para transformar homens e mulheres em pecadores e pecadoras, para fazer com que tenham que conviver com a angústia e o medo plantados nisso que foi denominado de espírito. Em que momento exatamente homem e mulher foram concebidos livres para fazer bom uso de algum tipo de arbítrio que valesse a pena, se a tentação também era um fruto saboroso? E assim os seres humanos aprenderam com o pó, transformado em carne, que a fonte de seus males era a ilusão de sua mente — esse órgão oferecido como presente com capacidade criativa para o bem e o mal. Por quê?

Após a creação, Deus resolveu cochilar. Imagino que tenha decidido que seria mais conveniente fechar os olhos para não ter que encarar os inúmeros detalhes daquela obra que necessitariam de ajustes. E dormiu para assim não precisar enfrentar tantas — mas tantas! — indagações que nós — e eu digo *todos nós* — faríamos a ele diante dessa obra pretensamente adaptada por mim.

...

Estou nesta existência desde a concepção do mundo, há milhares de anos, dos quais muitos foram passados no deserto, em busca da Árvore da Vida, sob a qual Deus repousou no sétimo dia. Em um primeiro momento, após encontrá-lo cochilando, tive a intenção de pedir-lhe autorização para checar a legitimidade da raça humana. Tentei a todo custo despertá-lo, mas, como o esforço foi em vão, decidi agir por conta própria. Foi assim que descobri que a solidão do deserto atrai artistas e místicos, mas não apenas o deserto; o ser humano carrega em si um espaço solitário que pode ser preenchido apenas pela arte. Um espaço não encontrado entre os simples mortais que se digladiam por verdades religiosas, ideologias políticas e divisões sociais. Nessa dimensão impera uma certa harmonia, uma vida possível às gentes conturbadas que, no processo de evolução, passaram a habitar o mundo. Busquei muito me aprimorar em minha essência para elevar-me a esse local criativo e encontrar, também eu, inspiração para refazer a imagem que carrego de mim, em razão de um início de vida traumático no paraíso, marcado pela rejeição. Mas minha natureza nefasta sempre foi mais forte que qualquer princípio ou virtude.

Em minha solidão, sem família e odiado em minha terra natal, optei por começar uma nova história, que permitisse me reescrever dentro dela. Adquiri livros sagrados que me inspirassem uma redação ousada do novo ser que ambicionava me tornar, buscando extrair de cada um deles algum ensinamento que me aprimorasse para melhor compreender a humanidade, para melhor me posicionar diante dela, para aperfeiçoar a minha arte, que, descobri, me traria aptidão para recriar a história divina. E aqui estou eu, encerrando este livro que entrelaça narrativas sofridas de seres humanos que, ao se perder, se encontram, e, ao se encontrar, se perdem. O que faz deles ainda mais confusos do que já são.

...

Este último século da história da humanidade foi muito interessante. E nestes primeiros anos desta nova era, posso dizer que já vivi o bastante para ter me encontrado com pessoas que atuam muito mal na vida, seguindo um enredo sem revisão alguma, usando um péssimo figurino, até a cortina do sofrimento despencar sobre elas.

Como o texto escrito havia se tornado sagrado para mim, logo que me deparei com o Ego no paraíso, resolvi apropriar-me dele para, competindo com Deus, começar a escrever versões imperfeitas para o *creare* divino. Encontrei, assim, na mente humana uma ferramenta de sobrevivência muito mal delineada, que me fascinou: a ilusão. A vida é crua, selvagem, abstrata; não oferece espaço para o amor. E inventei um romancista que não seria poupado de outra ferramenta igualmente fascinante: a desilusão. Na história em que o inseri, acrescentei detalhes duvidosos sobre o comportamento da sua mulher que abalaram o personagem, levando-o ao feminicídio, uma escolha humana que não deveria constar do rol do livre-arbítrio, oferecido generosamente por Deus. Mas lá está, desde a origem. Por outro lado, eu não poderia salvar a pele daquele homem. A vingança é outro elemento rico ao arbítrio de homens e mulheres nas relações que inventam para si. E a mulher assassinada se vê vingada, apesar da frustração de não ter sido testemunha ocular dos efeitos derradeiros da intoxicação floral que, tão insistente, buscou impingir.

Foi para mim uma imensa diversão criar uma história que trata da incompreensão humana, do distanciamento entre as pessoas, principalmente se esses sentimentos são frutos de conflitos entre gerações. Em minhas andanças, desde que fui acometido da primeira rebeldia da juventude, arbítrio excepcionalmente livre que me impulsionou para longe de onde eu surgira, me relacionei com pessoas de faixas etárias distintas. Sempre me assombrou o fato de tantas pessoas chegarem à velhice sem alcançar um mínimo de sabedoria, sobrevivendo, não vivendo. Esses seres se tornam bizarros no fim da vida, acreditando que o propósito maior é ser aclamado e receber as glórias do mundo — como se propósito e glória pudessem andar de mãos dadas. Há também casos de crianças-pombas, vagando por aí com as mãos erguidas aos céus. Sempre há Adelitas rebeldes que se identificam com aves para sair de sua realidade; e, quando adultas, buscam artistas capazes de transformá-las em estrela em alguma de suas pinturas, mas, ao fim e ao cabo, são engolidas pela ilusão, pelo abandono e pelo rancor. Ser enjaulada e arrancada dos seus sonhos elevados e ser, ao mesmo tempo, compassiva não é algo que a humanidade ambiciona — muito menos as crianças. Mas essas possibilidades foram oferecidas no cardápio.

Foi então que conheci o Pintor do Deserto, vagando havia alguns anos, sob estrelas rodopiantes, almejando ser o primeiro a descobrir e trazer ao mundo o mistério e os segredos do deserto, a beleza das estrelas, a grandeza do universo. A imortalidade era sua maior ambição. Confesso que o pintor me desafiou. Era tão sincera aquela alma em seu sonho de trazer o céu para sua pintura, que acabei por introduzir nele, com o passar dos anos, a desesperança, sentimento humano companheiro de todas as horas. Dessa forma, ele desenvolveu a única crença verdadeira: a de que não há paraíso possível a ser introduzido em arte alguma. Aliás, a imaginação deveria ser um dom mais bem revisado por Deus quando projetou homens e mulheres fazendo bom uso dela. Em um dos meus retornos para onde o pintor estava, notei a presença de um poeta, que o inspirava com a leitura de alguns versos que havia escrito sobre a bendita Árvore da Vida que, por um lapso meu, havia encontrado. Desde que havia tentado despertar Deus, sem muito sucesso, comecei a passar os dias iludindo as pessoas com a possibilidade de encontrarem a Árvore da Vida, encosto de Deus. Não queria, de forma alguma, que alguém o perturbasse. Aproveitava o cochilo de Deus para brincar com os desvarios e despropósitos da raça humana. Assim, divertindo-me com as alucinações do pintor, vi quando ele abandonou o poeta no deserto para sair em busca da árvore que eu havia plantado em sua imaginação. E em meio à loucura que brotou desse plantio, foi deportado, doente e sofrido, de volta a seu vilarejo, onde deixou Adelia com a filha, Paloma.

Concebi para Paloma uma cena cheia de paixão quando a encontrei desmaiada no deserto para onde fugira de Gamal, homem criado à minha imagem e semelhança. Fiz o poeta despertá-la com um beijo para mostrar-lhe o caminho até as estrelas, que só eram alcançadas pela poesia. Paloma contou-lhe que havia aspirado a ser uma artista na infância. Havia partido para estudar pintura distante de casa e se perdera à procura do pintor no deserto do Bahrein, mesmo sem saber que era o pai que ela buscava. O poeta jurou doar-lhe amor eterno, enquanto penetrava poesia em seu ventre, e inspiração para seus dias, desde que ela desistisse da Árvore da Vida que havia enlouquecido o pai. Paloma era, sim, uma verdadeira buscadora desde criança, um ser que, de tanto buscar o Pai no jardim, acabou não encontrando o pai no deserto, e perdeu-se de paixão por um homem violento e por um poeta sonhador em um orgasmo fecundo, até ser atropelada, perdendo definitivamente a cabeça.

Mas eu não perdi a sua cabeça e a utilizei em outra história. A intenção era falar dos traumas, essas dores psíquicas das quais a humanidade nunca se vê livre. A cabeça de Paloma acabou por atormentar tanto a cabecinha aterrorizada de Sylvia P., sua filha gerada do gozo da poesia, que aos poucos a loucura foi se instalando e tomando conta da família que ela idealizara para si.

E isso é tudo? Não, ainda não é tudo. Consta no Gênesis que Deus, para punir o homem e a mulher, introduziu a morte, a verdade mais certa para os seres viventes. Por quê? Na minha condição de ser expulso do paraíso, tenho uma interpretação maléfica que tento induzir em alguns intelectuais: a de que Deus pensou seus dias futuros divertindo-se com seres humanos como marionetes desengonçadas, cambaleantes, entre a defesa do bem e do mal, do certo e do errado, da verdade e do mistério, até encontrarem a morte, concebida para informar que nada na vida tem sentido. E, como a polaridade é a diversão da raça humana, nada melhor que a morte para se opor à vida.

Para desafiar Deus em uma última tentativa de reescrever sua versão original, concebi um personagem bom, que tinha sentimentos belos de amor verdadeiro. Quando menino, acreditava que o rio tinha muito a lhe oferecer.

Aproximava-se das margens, mergulhava nas águas e, de tanto se identificar com o rio, veio mais tarde a optar por estudá-lo e explicá-lo. Esse homem desconhecia os males humanos em razão do grande amor que sentia e, inocente, desintegrava-se. Esse ser, que tinha sido concebido com a centelha divina — a qual, em sua essência, conforme minha fonte maliciosa, nada mais é que caos e sacrifício —, navegava para a queda em seu rio ilusório que ele chamava de vida. Esse homem, enquanto corria para socorrer a família humana, não notava que o destino é implacável, inclusive para os rios, em sua queda vertiginosa, abrupta e profunda. O temporal se aproximava, e sua canoa idealizada era frágil. Perdera os remos e a intuição, ferramenta inútil que os seres humanos gostam de dizer que possuem, mas que só desorienta em águas turbulentas. Esse homem, que havia apenas ambicionado conhecer o rio e dele matar sua sede, sai da história desprovido de esperança. Sim, porque a esperança, amados e amadas, não foi deixada na porta do inferno por Dante. Ela é aniquilada, por mim, assim que todo homem e mulher acorda dos seus sonhos.

...

E assim chegamos aonde a história da humanidade se encontra enroscada em vãs filosofias que nada esclarecem. Era preciso que pelo menos uma suposição triunfasse e que os seres humanos pudessem compreender por que sua espécie deu tão errado.

Eu explico: Deus é o Creador. Eu apenas reviso os detalhes e recrio. Por isso aproveitei o cochilo de Deus sob a Árvore da Vida e usurpei dos seres humanos o Ego, que era para ser apenas um mimo, mas, dada a sua natureza grandiosa, tomou conta de mim, deixando-me vaidoso, mantendo-me bem desperto. Nesta minha versão, plagiada da original, fiz com que tradutores, seduzidos pela minha ideia de paraíso, em que a criação e a malcriação faziam mais sentido, empregassem erroneamente o verbo criar e seus derivados no lugar da origem latina clássica de *creare*. E assim o mal foi introduzido no mundo, travestido de várias formas, como o cão nas histórias que narrei, esse companheiro fiel, sempre presente e próximo de homens, mulheres, velhos e crianças, foi, nestas páginas, maldosamente transformado por mim em um cão sorrateiro, que exalava odores, rosnava e abanava o rabo pontudo para a humanidade sofrida. É exatamente desses disfarces que tenho me aproveitado. E estas linhas da versão original eu não as modifico, porque, afinal, um Cão não cria a si mesmo.

algum genoma

Despertou Deus de seu cochilo no oitavo dia
(afinal, ele não morreu, como defendem uns e outros)
e viu que tudo o que havia creado tinha sido descriado
por criaturas malcriadas.
Colocara o homem e a mulher no Jardim do Éden
para o lavrar e guardar
e para oferecer um cuidado especial à Árvore da Vida
e à Árvore do Conhecimento do Bem e do Mal.
E depois, ordenara ao homem e à mulher:
De toda árvore do jardim comereis livremente,
mas da Árvore do Conhecimento do Bem e do Mal,
dela não comereis,
porque, no dia em que dela comerdes,
passareis a perceber a que caos
a vida na terra poderá chegar.
No entanto, após seu repouso,
viu Deus que a raça humana, plantas e animais,
rastejantes ou não
— nada nem ninguém obedecera a seu mandamento.
A Árvore da Vida, rebelde, estendia seus galhos até o céu,

embaralhando a ordem do cosmos,
fazendo surgir estrelas dançantes,
que caíam no deserto.
E a Árvore do Conhecimento do Bem e do Mal
distribuía frutos podres a todo homem e mulher
que se deixavam enganar por esse gozo ilusório.
Em tal situação paradisíaca alucinada
não seria — certamente — a raça humana
aquela que daria um bom exemplo.

Considerou então Deus,
no lugar de punir seres humanos idiotas,
consultar o Verbo Divino
para entender o que dera errado com a creação.
E foi assim que, no fim do nonagésimo-nono dia,
lembrou-se Deus de conferir a origem latina da palavra
"criar", displicentemente usada,
e constatou ele que ela vem do latim
creare — *com "e"*
e que havia sido mal traduzida
por tradutores mal-intencionados,
por isso todo o equívoco presente na creação
por ele concebida.
Anjos, arcanjos, querubins e serafins cantaram "Aleluia!",
pois finalmente percebera Deus a origem de toda a confusão
que fizeram os tradutores ao prejudicar sua obra
com uma pretensão tão descabida.

Desperto,
resolveu Deus desfazer o estrago que haviam implantado em sua creação,
para então uma nova crear.
Uma nova obra que o reconhecesse como Deus Creador
de todas as creaturas visíveis e invisíveis.
Recreou ele, então, em um frenesi, desertos e oásis,
praias e bosques,
flores (resolveu deixar plantas para chás daninhos de fora),
estrelas do céu e estrelas-do-mar, pombas, pets fofos…
Ficou na dúvida se manteria a Árvore da Vida magnânima
e a super-relevante Árvore do Conhecimento
do Bem e do Mal,
cuja discussão entre elas provocou o surgimento do Ego,
causador de tanta ilusão e fascínio entre os seres humanos.
Por fim, decidiu que deixaria
a cargo das variações climáticas
a manutenção delas no paraíso.

É em razão dessa metamorfose que, até hoje,
Gaia, mulheres e homens agonizam
(nesse novo contexto aprimorado, homens menstruam
e sofrem as dores do parto),
inseridos em um processo profundo de transformação,
para saírem do estado de simples criaturas
para um estado mais elevado de creaturas,

no qual Creador e creaturas tentam expurgar
o ser encapetado
— por um lapso inserido na terra
na primeira tentativa da creação.
Esse ser que, enquanto vil criatura,
invadiu a história da humanidade,
tanto mal realizou,
tanto sofrimento causou
na clandestinidade inclusive das linhas das histórias
neste livro narradas,
deturpando a obra perfeita por Deus sonhada
em seu cochilo divino.

. . .

E, se este não é o fim da história,
é porque ela ainda mal começou.
Mas não fiquemos apreensivos.
Pois, no fim, tudo dá certo.
E, se não deu certo, é porque, como dizem por aí,
o fim não chegou.
Oremos.

árvore genealógica

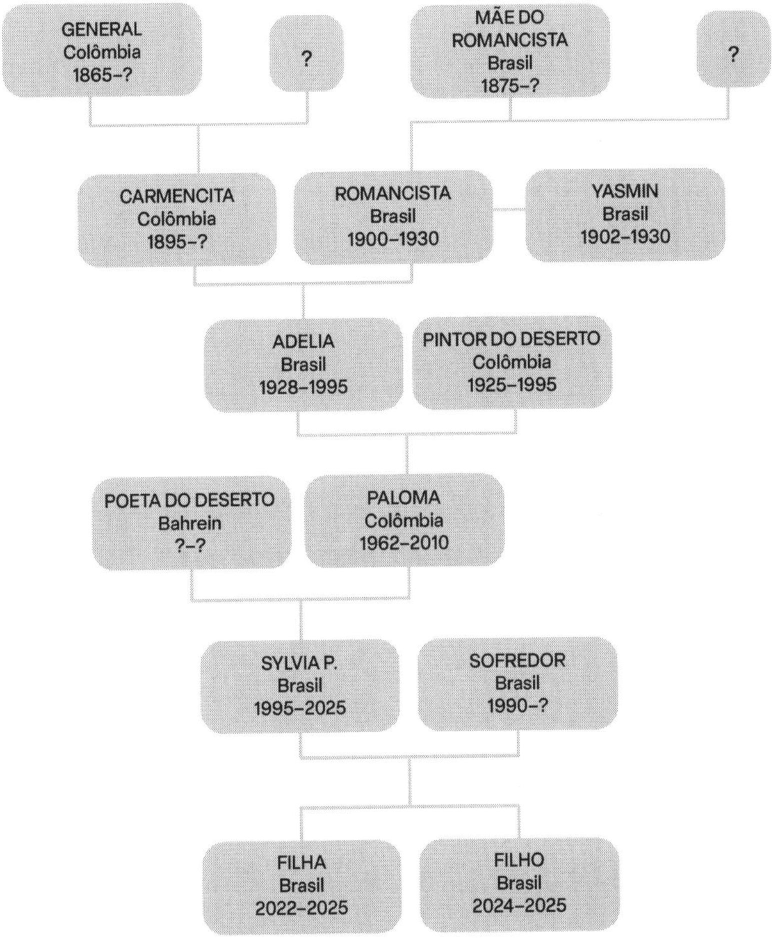

agradecimentos

Como tudo neste mundo de criaturas, há também no universo celestial uma hierarquia de anjos, respeitada segundo a desenvoltura desses agentes divinos, que, de forma mais poética, são ordenados em coros angelicais para intermediarem a relação entre Deus e os seres humanos. Por sorte, acaso, destino, predestinação, conforme o gosto do leitor ou da leitora, ao longo da escrita deste romance, fui visitada pela tríade angelical presente no primeiro escalão, considerada a mais próxima de Deus, dedicada a guardar os mistérios divinos. São eles os serafins, os querubins e os tronos ou anciãos, que, valendo-se de seres humanos, me assistiram ao longo do processo de escrita deste livro.

Os serafins são reconhecidos pela capacidade de inflamar seres inferiores no cumprimento dos desígnios divinos, purificando-os com seu fogo incandescente e iluminando a inteligência, queimando e se consumindo no amor ao bem supremo, destruindo toda sombra. Foi assim que a Índigo se apresentou a mim em seu espaço para retiros literários, em São Lourenço da Serra. Logo que a conheci, percebi que estava na presença de um serafim disfarçado de bruja, que buscou substituir as asas por uma vassoura. Sem medo, entrei de cabeça em seu caldeirão alquímico e permiti que, nesse fogo destruidor, meu processo de criação se aproximasse de uma experiência transformadora. O texto original se metamorfoseou, passando por processos que me fogem à compreensão. Meu agradecimento caloroso a essa fonte de energia e inspiração que é a Índigo em minha vida. Um presente celestial em constante ebulição.

Identifico em Gorki Starlin, Rodrigo Faria e Silva, Ana Paula Gomes, Mateus Valadares e Milena Soares qualidades de querubins, guardiões do Jardim do Éden, da Árvore da Vida e dos registros sagrados. Quando materializados em editores, tornam-se os mensageiros dos mistérios divinos, com a missão especial de transmitir a sabedoria a seres receptivos à verdade, à beleza e ao conhecimento, por intermédio do livro, um dos meios mais confiáveis de se atingir a lucidez. Meu agradecimento a vocês, apaixonados pela palavra escrita, pelo acolhimento que encontrei na Alta Books e no selo Faria e Silva e pelo trabalho dedicado de editores, revisores e designers.

Sandra Vasconcelos, Marcelo Maluf, Vera Pellegrini e Durval Castro, presenças essenciais na primeira esfera angelical, representações fidedignas dos tronos ou anciãos, que anunciam aos seres inferiores o esplendor da luz divina. Esses primeiros leitores e leitoras do meu livro doaram seu tempo e sua percepção destas páginas, com a autoridade de quem realiza uma leitura profunda em busca de nuances e sutilezas que, invariavelmente, escaparam desta autora, a qual, em seu processo criativo, mergulhou nas entrelinhas e precisou de uma voz externa, de uma mão estendida, para melhor trazer à luz a história por trás da história. Meu mais profundo agradecimento a vocês por terem olhos que se parecem com rodas de fogo.

Em meio a tantas camadas angelicais, há um anjo que dispensa qualquer hierarquia. Ele é meu anjo da guarda, protetor, presente de maneira sólida e paciente em todos os momentos e lugares em que esta mortal tateou para escrever este livro. Protegeu-me, acima de tudo, de mim mesma, que, ao investir na solidão do ofício, viajava nas ideias e esquecia que tinha um solo sob os pés. Que nossos pés, Murilo, possam continuar pisando este solo por muito tempo, lado a lado, como sempre foi, como sempre será. Porque sim.

Impressao e acabamento:

infinitygrafica.com.br/